LJUBA ARNAUTOVIĆ
Im Verborgenen

Grafische Gestaltung: Dorothea Löcker, Wien
Umschlagabbildung: © Sammlung Hubmann/Imagno/picturedesk.com
Druck und Verarbeitung:
FINIDR, s.r.o., Český Těšín, Tschechische Republik
ISBN 978-3-7117-2059-7

Informationen über das aktuelle Programm
des Picus Verlags und Veranstaltungen unter
www.picus.at

LJUBA ARNAUTOVIĆ

Im Verborgenen

ROMAN

PICUS VERLAG WIEN

Meinen Kindern Maja und Aljoscha

1

Grau und schwer liegt die Donau in ihrem Bett. Grau und schwer liegt die Wolkendecke über der nächtlichen Landschaft. Niemandem käme in den Sinn, jetzt einen Spaziergang zu machen.

Niemand bemerkt die Frau, die sich mit raschen Schritten dem Ufer nähert. Sie geht leicht gebeugt, ihr Alter lässt sich nicht bestimmen. Ihr brauner Wintermantel ist knöchellang, und sie hat sich einen schwarzen Wollschal um Kopf und Hals gewickelt. Wenige Meter vom Fluss entfernt bleibt sie stehen und sieht sich nach allen Seiten um. Entschlossen geht sie auf die Uferböschung zu und beugt sich zu Boden. Gleich richtet sie sich wieder auf und schaut über das Wasser, das sich wie flüssiges Blei in Richtung Stadt schiebt. Im Weggehen knöpft sich die Frau den Mantel zu, vergräbt die Hände in den Taschen und verlässt den Ort fast im Laufschritt. Die Nacht dämmert unmerklich in einen düsteren Tag hinein.

Die beiden Streifenbeamten, Unterwachtmeister und Anwärter, haben das Flussufer täglich abzugehen. Sie sind jung und insgeheim froh, nicht an die Front zu müssen. Sie kämpfen an der Heimatfront, so hat man es ihnen beigebracht. Auch hier würde der Feind auf der Lauer liegen, er wäre nur schwieriger auszumachen als im Feld. Sie werden ihrem Vaterland vermutlich keine richtigen Helden sein, die Uniform tragen sie dennoch mit Stolz.

Donauaufwärts gehen sie, von der Brigittenau in Richtung Nussdorf. Es ist früh am Morgen. Sie haben eine zerstörte Brücke passiert, deren Pfeiler wie lange dürre Finger aus den Fluten ragen. Die Luft ist herbstlich klamm, Nebel hebt sich vom Wasser und will in Krägen und Ärmel kriechen, da bringt nur ein flottes Ausschreiten etwas Wärme in den Leib. In der Welt tobt ein Krieg. Die Stadt ist mit dem Überleben beschäftigt. Hier draußen ist ein Ort der stillen Tode. Der Fluss nimmt alle auf, die des Lebens müde sind oder an einer Verzweiflung ersticken, und er tut das ohne Ansehen von Stand, Alter, Geschlecht oder Religion.

Eine Wasserleiche haben die beiden jungen Polizisten bisher noch nicht zu sehen bekommen – die Strömung trägt die Körper fort bis zum nächsten Hindernis, oder noch weiter. Ihnen fällt die Aufgabe zu, die armseligen Reste aufzusammeln, die am Ufer zurückbleiben. Dort vorne liegt schon wieder etwas. Wer vermag zu erklären, warum die Kleidungsstücke meistens ordentlich gefaltet und aufeinandergestapelt sind, ja warum man sich überhaupt entkleidet für diesen Zweck? Zuoberst beschwert ein Paar abgenutzter, aber sichtlich gut gepflegter Herrenschuhe das Häufchen, die Sohlen weisen nach oben. Der Brief steckt in der Brusttasche des für die Jahreszeit viel zu dünnen Mantels. Einer, der ins kalte Wasser zu gehen sich entschlossen hat, denkt wohl nicht mehr daran, sich warm anzuziehen, so geht es dem Jüngeren durch den Kopf, und ein Frösteln fährt durch seinen Körper. Der Ältere faltet das Blatt auseinander.

Wien, Freitag, 20. Oktober 1944
Liebste Mutter! Ich wünsche nichts sehnlicher, als Dir diesen Schmerz zu ersparen. Es erreicht mich eine Vorladung zum Morzinplatz, adressiert an Walter ISRAEL Baumgarten. Bitte verzeih mir, wenn ich mich DEM entziehe. Ich danke Dir für

all Deine Liebe und Fürsorge. Im festen Vertrauen auf Gott, und im Glauben auf ein Wiedersehen in einem besseren Reich, verbleibe ich als Dein Dich über alles liebender Sohn Walter.

2

Wien erlebt die letzten milden Herbsttage, aber wenn die Sonne nicht scheint, wird es schlagartig kalt und die Menschen denken mit Schrecken an die vergangenen beiden Kriegswinter zurück. Sie haben Angst – vor der Kälte, die demnächst ihre Stadt in den Griff nehmen wird. Vor den Bomben, die immer öfter auch hier fallen. Und vor dem Hunger.

Eiligen Schrittes hat sich die Frau vom Fluss entfernt. Dort, wo der Donaukanal abzweigt, nimmt sie den rechten Uferweg und biegt nach etwa einer Stunde raschen Gehens nach rechts in die Innenstadt ab. Sie schafft es, ganz außer Atem, gerade rechtzeitig an ihre Arbeitsstelle. Zu ihren Aufgaben gehört es, die Kanzlei aufzusperren und die beiden anderen Angestellten, später dann die Besucher einzulassen. Sobald sie das Haus betritt, findet eine Verwandlung statt – die unscheinbar graue, geduckt gehende Gestalt richtet sich auf und wird ein völlig anderer Mensch.

Eva ist eine etwas füllige, nicht sehr große Frau um die vierzig. In ihrem hellhäutigen runden Gesicht verblassen allmählich die Sommersprossen. Über den hellgrünen Augen ziehen sich ihre Brauen leicht nach unten, was ihren Blick etwas melancholisch wirken lässt. Sie trägt stets dunkle, unmoderne Kleider und eine runde Hornbrille mit einem auffallend dicken linken Glas. Das dunkelblonde, zu dünnen Zöpfen geflochtene und zu einem Kranz über der Stirn gesteckte Haar zeigt an den Schläfen erstes Grau. Den

Hinterkopf bedeckt eine handgestrickte schwarze Haube, die von einem eingenähten Haarreifen gehalten wird. Um ihren Hals hängen zwei breite schwarze Samtbänder, eines mit einem schweren silbernen Kreuz, das andere mit einer Lupe. Sie hält sich sehr gerade. Ihr Blick ist respekt-, um nicht zu sagen furchteinflößend. Man hat die Korrektheit in Person vor sich und spürt deutlich, dass diese Frau hier das Sagen hat. Von ihrem Schreibtisch aus überblickt Eva – wie von einem Wachturm – durch offen stehende Türen die angrenzenden Räume. In dem einen arbeiten eine Schreibkraft und der Kanzleibote, der andere, geräumigere, ist der Wartebereich gleich beim Eingang. Eine dritte Tür führt zum Zimmer ihres Chefs und ist meistens geschlossen. Niemand kann kommen oder gehen, ohne von der Sekretärin wahrgenommen zu werden. Ihre Arbeitskollegen wissen wenig über sie, mit ihnen spricht sie nur über Dienstliches. Niemals würde jemand wagen, ihr eine Frage zu ihrem Privatleben zu stellen. Gerade so viel glaubt man zu wissen: Sie ist das älteste Kind einer aus Mähren stammenden Familie (was ihre ausgezeichneten Tschechisch-Kenntnisse erklärt). Sie muss eine eifrige Schülerin gewesen sein (was ihre guten Rechtschreib- und Rechenkenntnisse erklärt), und sie muss eine gute Kinderstube gehabt haben (was ihre Umgangsformen und ihr sicheres Auftreten erklärt). Sie gilt als früh verwitwet und kinderlos; außerdem scheint sie tiefgläubig zu sein. Jener Handvoll Menschen, die sie als ihre Glaubensgeschwister anerkennt, gewährt sie die Anrede »Tante Eva«. Davon, wie sie ihr bisheriges Leben verbracht hat, weiß in diesem Umfeld fast niemand.

In Anbetracht der wenigen noch verbliebenen Aufgaben findet an den Wochentagen in der Kanzlei erstaunlich reger

Parteienverkehr statt. Evas Aufgabe ist es, dieses Kommen und Gehen zu lenken. Sie weist die Besucher an zu warten und ruft sie zum Chef oder verkündet den Beginn einer Zusammenkunft. Sie geleitet die Teilnehmer in den Gruppenraum, manchmal serviert sie dünnen Tee und hartes Gebäck. In der Mehrzahl sind es Männer, die hier verkehren. Aufmerksamen Beobachtern würde auffallen, dass die Aktentaschen der Besucher, die an den nachmittäglichen oder abendlichen Bibelstunden teilnehmen, beim Weggehen oft praller gefüllt sind als beim Kommen. Als kirchliche Einrichtung ist der Ort unverdächtig. Beide christlichen Glaubensgemeinschaften, Katholiken wie Protestanten, haben sich vorauseilend schnell dem Naziregime angebiedert. Wer sich jetzt noch zu einer Religion bekennt, gilt als weltfremd oder dumm, man nimmt ihn nicht ernst.

In Friedenszeiten hat es hier viel zu tun gegeben. Es wurden die Kirchenbeiträge eingesammelt und an alle möglichen Einrichtungen verteilt. Von hier aus wurden die evangelischen Religionslehrerinnen, die an den Schulen in Wien und Niederösterreich tätig waren, zentral verwaltet. Hier war der Sitz der außerschulischen Jugendarbeit. Und es wurde die Schriftenreihe *Der Gemeindebote* herausgegeben. Kirchenbeiträge sind abgeschafft; es gibt gerade noch zwei Religionslehrerinnen in der gesamten Region, die jetzt Niederdonau heißt; die Ferienheime dienen verschiedenen Zwecken, nur nicht der Erholung von Kindern und Jugendlichen; und der *Gemeindebote* ist längst eingestellt, aus Mangel an Papier und an Nachfrage. Die verbliebenen Mitarbeiter der Kanzlei haben mittlerweile bitter erkennen müssen, dass sie dem falschen Messias gefolgt waren. Der Oberkirchenrat und seine Mitarbeiter, enttäuscht und beschämt, simulieren eine Art Normalität. Stillhalten ist die Parole. Einmal muss jeder Krieg enden, und ganz gleich, wie er ausgeht, die Evangelische Kirche möchte wieder eine Rolle spielen. Es gibt gute Gründe anzunehmen, dass diese Zeit nahe ist – sollten die Behauptungen der ausländischen Sender stimmen, deren Empfang streng verboten ist.

Eva zieht Mantel und Überschuhe aus und versucht, sich ihre innere Erregung nicht anmerken zu lassen. Sie geht an ihren Schreibtisch, sperrt die Schubladen auf, nimmt die Abdeckung von der Schreibmaschine. Routiniert verteilt sie die Aufgaben des Tages an die beiden Bürokräfte. Ihre Gedanken sind anderswo.

Erst zwei Tage sind vergangen, zählt sie nach und kann kaum glauben, was alles in der Zwischenzeit geschehen ist. An jenem Mittwoch betrat am frühen Vormittag ein Besucher die Kanzlei, und Eva spürte sofort, dass etwas passiert sein musste.

Sie kennt Walter, er kommt mehrmals die Woche, jedoch nie so früh wie heute – es ist noch nicht einmal zehn Uhr. Er ist gelernter Drogist und arbeitet in der Heilmittelstelle im dritten Bezirk. Als jüngster einer langen Geschwisterreihe bewohnt er zusammen mit der alten Mutter eine Mietwohnung. Wegen eines Geburtsfehlers, einer Lippen-Gaumen-Spalte, wurde er als wehrunfähig ausgemustert. Walter ist ein zurückhaltender, fast schüchterner Mensch. Eva empfindet Sympathie für den stillen Mann. Seine Gegenwart ist ihr angenehm. Nicht nur, weil er ihre Autorität niemals infrage stellen würde. Sie, die glaubt, ihr Herz Männern gegenüber längst verschlossen zu haben, empfindet jedes Mal eine kleine Freude, wenn der elegant Gekleidete durch die Eingangstür tritt und dabei seinen Hut abnimmt. Immer klopft er gegen die offen stehende Tür ihres Arbeitszimmers, wartet ihr Nicken ab, dann durchschreitet er den Raum, nimmt ihre Hand und deutet einen Handkuss an. »Meine Verehrung«, murmelt er dabei, und in letzter Zeit »Meine Verehrung, Tante Eva«, obwohl sie um ein paar Jahre jünger ist als er.

An jenem Mittwoch ist alles anders. Entgegen seiner Gewohnheit behält Walter den Hut auf. Sein Blick ist gehetzt, und er stürmt sofort herein, in der Faust ein Kuvert. In der Mitte des Raumes bleibt er abrupt stehen. Eva erhebt sich und geht rasch zu den beiden Türen, um sie zu schließen. Walter ist an ein Aktenregal getreten, lehnt sich mit der Schulter dagegen und atmet schwer. Sein Gesicht ist schweißnass. Erst jetzt zieht er sich den Hut vom Kopf und wischt sich mit einem Taschentuch die Stirn. Das Kuvert hat er auf den Schreibtisch gelegt. Wortlos bedeutet Eva ihm, sich zu setzen. Sie liest.

Nationalsozialistische Deutsche Arbeiterpartei
Gauleitung Wien – Amt für Sippenforschung
Wien 1, Josef-Bürckel-Ring 3, Gauhaus

An Walter Israel Baumgarten, Wien V, Christophg. 4
An die Geheime Staatspolizei, Stapoleitstelle Wien I,
Morzinplatz 4
An den Herrn Polizeipräsidenten in Wien, Abt. II, Dez. 1b
Wien I, Bräunerstr. 5

Unser Zeichen: Sippe WSch/Fi 01260/18
                    Wien, am 16. Oktober 1944
Betrifft: Prüfungsergebnis

In Ihrer Abstammungssache gelangte ich auf Grund der zur Verfügung gestellten Urkunden, des von meiner Dienststelle beschafften Materials und der durchgeführten Erhebungen zu folgendem

P r ü f u n g s e r g e b n i s

Der Prüfling Walter Israel B a u m g a r t e n, geboren am 19. Februar 1896 in Wien, wohnhaft in Wien V, Christophgasse 4, Stand: ledig, ist

J U D E

mit vier der Rasse nach volljüdischen Großelternteilen im Sinne der Ersten Verordnung zum Reichsbürgergesetz vom 14.11.1935 (RGBl. Teil I, Seite 1333).

Gründe: Der Prüfling, wie oben, wurde geboren und ausw. seines Geburts- und Taufscheines am 12.3.1896 röm-kath. getauft, als ehelicher Sohn des Wirts Ludwig Baumgarten und der Eleonore (Lea) geb. Richter (beide Eltern vorverstorben).

Der Vater des Prüflings, wie vorher, geboren am 16.5.1848 in Wien, ist der eheliche Sohn der Juden Leopold (isr. Geburtsname Simon) Baumgarten, geboren am 7.5.1798 in Aschau/ Böhmen, Israelitische Kultusgemeinde, röm.-kath. getauft am 23.7.1846 in der Schottenpfarre zu Wien (Sohn des Handelsmannes Herrmann Baumgarten und der Barbara Popper) und der am 16.2.1831 in Neuzedlisch, Israelitische Kultusgemeinde geheirateten Theresia Steinhart, geboren am 1.12.1812 in Neuzedlisch, röm-kath. getauft am 23.7.1846 in Wien (Tochter des Maierbeer Steinhart und der Barbara Abeles). Seine volljüdische Abstammung ist auf Grund der h.a. beschafften Unterlagen eindeutig nachgewiesen.

Die Mutter des Prüflings, wie vorher, geboren am 10.9.1859 in Lemberg, kath., ist als eheliche Tochter des Samuel Richter und Fanny Zuckerberg ebenfalls zweifellos volljüdischer Abstammung.

Der Prüfling verstand es bisher, seine volljüdische Abstam-

mung, die ihm selbst keinesfalls unbekannt geblieben sein kann, zu verschleiern und sich bei allen Dienststellen als Mischling I. (ersten) Grades auszugeben.

Der Prüfling, selbst niemals dem Judentum angehörig, war auf Grund der oben angeführten Beweise als

J u d e

rassisch einzuordnen.

Dem Prüfling wird aufgetragen, sich unverzüglich nach Erhalt dieses Schreibens in der Stapo-Leitstelle Wien I., Morzinplatz 4, Eingang Salztorgasse, einzufinden. Gegenständliches Schreiben ist mitzuführen und gilt gleichzeitig als Passierschein.

3

Die beiden jungen Streifenpolizisten bringen ihren Fund zur Wachstube, machen Meldung an den Vorgesetzten, schreiben ein Protokoll samt Wortlaut des Abschiedsbriefs und einer Liste der aufgefundenen Kleidungsstücke und Gegenstände.

Es ist später Nachmittag, als ein Kriminalbeamter in Zivil an einer Wohnung im zweiten Stock eines Zinshauses im fünften Wiener Bezirk läutet, der Wohnadresse des mutmaßlichen Selbstmörders. Der Beamte hat zu überprüfen, ob es sich nicht um ein Vortäuschen handelt. Es wäre nicht das erste Mal, dass einer seinen Tod inszeniert, um sich dem Zugriff der Staatsgewalt zu entziehen. Es wurde keine Leiche gefunden, und dieser Mann hätte jeden Grund gehabt – für ein Abtauchen ebenso wie für einen Selbstmord.

Obwohl die Wohnung klein ist, braucht Aloisia, deren Beine immer etwas steif sind nach längerem Sitzen, eine Zeit lang, bis sie an der Tür ist. Zu lange für den Besucher, der dreht ungeduldig die Klingel. Endlich öffnet sich die Tür. Bevor der Blick der mageren alten Frau das Gesicht des groß gewachsenen Fremden erreicht, wird sie des Kleiderbündels auf seinem Arm gewahr. Der Anblick der Schuhe nimmt ihren Knien die Kraft. Der Beamte reagiert schnell. Mit seinem freien Arm fasst er sie unter der Achsel und schiebt sie zu einem Sessel in der Küche. Das Kleiderbündel legt er auf den Tisch. Wortlos holt er den Abschiedsbrief hervor und streckt ihn der Frau entgegen. Er verlangt das Zimmer ihres Sohnes zu sehen. Sie deutet in eine Richtung, dann überfliegt sie die

15

Zeilen und drückt ihr Gesicht lange in das Papier, wie in ein Taschentuch. Der Polizist rumort herum, öffnet den Kleiderschrank, besieht sich das Gewand, zählt Krawatten, Socken, Unterwäsche, hebt die Matratze an, macht Notizen. Er öffnet Schreibtischschubladen, blättert in Papieren, liest. Danach durchsucht er das Schlafzimmer der alten Frau.

Als er in die Küche zurückkommt, fragt er nach einem Glas Wasser und wie es komme, dass sie einen Volljuden zum Sohn habe. Mit zitternder Hand zeigt Aloisia auf den Wasserkrug. »Walter ist …« Der fremde Klang ihrer Stimme lässt sie gleich wieder verstummen. Sie setzt sich gerade, holt sich mühsam die Luft zum Weitersprechen: »Aber das hab ich doch längst vergessen, dass er gar nicht mein Kind … von klein auf … Ich hab den Buben zu einem guten Christen erzogen … ein braver Sohn. Er sorgt für mich.« Sie sinkt in sich zusammen. Ihr »Was soll denn nur werden« ist kaum zu hören, aber es interessiert den Besucher ohnehin nicht. Der nimmt sich ein Glas aus der Kredenz und inspiziert bei dieser Gelegenheit deren Inhalt, hebt den Deckel der Zuckerdose an, wühlt in der Bestecklade, verlangt dann noch Walters Zahnbürste und Rasierzeug zu sehen. Und wo seine Schuhe seien. Im Vorzimmer stehen die Hausschuhe. Straßenschuhe besitze er nur dieses eine Paar. Aloisia muss daran denken, was ihre abergläubischen Leute in der Waldviertler Heimat immer sagen: Schuhe auf dem Tisch bringen Unheil, ihr Besitzer könnte bald sterben. Schnell greift sie danach und stellt sie zu Boden.

Der Beamte gießt sich ein, trinkt jedoch nicht. »Diese beiden Ausweise und seine Bezugskarte nehme ich mit. Quittieren Sie das. Hier.« Er legt der alten Frau ein Dokument vor und reicht ihr einen Stift. Aloisias Hand bebt so stark, dass sie nicht in der Lage ist, ihren Namen zu schreiben. Ihre Kraft reicht gerade für einen zittrigen Strich quer über die bezeichnete Stelle.

4

Ein Inwohner ist ein Mann ohne Besitz, ohne Land, ohne Haus und ohne Beruf. Der Inwohner Johann Widhalm arbeitet als Knecht für einen Köhler im österreichischen Waldviertel, einem dünn besiedelten, kargen Landstrich, der den Menschen viel abverlangt. Wo sie den Wäldern mühsam ein Stück zum Anbau von Kartoffeln oder Mohn entrissen haben, schieben sich stetig Steine aus der Tiefe nach oben und erschweren ihnen die Arbeit, zerstören so manchen Pflug. Es bedarf oft zweier Männer, um einen dieser Brocken fortzuräumen. An den Feldrainen türmen sich die Steinhaufen. Die Bewohner dieser Gegend müssen sich ständig mit der Natur messen. Unten die widerspenstige, Granit gebärende Erde, oben das raue Klima – der Frost hält das Land bis Mitte Mai in Starre.

Johann Widhalms Lohn schließt die Wohnstatt mit ein: zwei feuchte, rauchdunkle Räume in einem Nebengebäude des Köhlerhofs, die er mit seiner Familie bewohnt. Der Garten, den seine Frau anlegen durfte, liegt eine halbe Fußstunde entfernt, zehn mal zehn Meter auf einem Acker, der dem Bruder des Köhlers gehört.

Als erste Kinder werden dem Johann und seiner Frau Maria im Sommer des Jahres 1859 Zwillinge geboren. Mehrlinge haben in jener Zeit wenig Überlebenschance. Aloisia hingegen, der Erstgeborenen, wie auch ihrem Bruder Jakob ist ein langes Leben beschieden.

Inwohnerkindern wird ihr Platz in der Welt sehr früh und

sehr klar zugewiesen. Glanz, Wohlgeruch und Wärme erleben sie nur in der Kirche. Der katholische Pfarrer ist wohlgenährt, er trägt ein goldbesticktes Gewand und kündet von Reichtum, Glück und Belohnung im Paradies. Wenn gerade niemand in der Schlafstube ist, lässt das kleine Mädchen sein Kopftuch offen über die Schulter fallen, breitet Mutters Schürze über einen Schemel, legt Wiesenblumen darauf oder Tannenreisig, träumt sich brennende Kerzen und den herb-süßen Weihrauchduft hinzu und gelobt ein Leben für Gott.

Daraus wird vorerst nichts. Die Kinderschar des Johann und der Maria ist angewachsen, der Raum knapp geworden, erst recht das Geld. So schickt man die dreizehnjährige Aloisia in die Hauptstadt, sie muss sich als Dienstmädchen ihren Unterhalt selbst verdienen. Sie fürchtet sich vor den bis in den Himmel ragenden grauen Gebäuden, den glatten harten Flächen ringsum, den unheimlichen, nicht einmal nachts verstummenden Geräuschen ebenso wie vor der fremden Herrschaft und vor all dem Unbekannten, das jetzt auf sie einstürzen mag. Am tiefsten schmerzt die Trennung vom Bruder. Auch Jakob wird zum Arbeiten fortgeschickt, aber in eine andere Stadt.

Die Familie, in die Aloisia vermittelt wird, ist die des Samuel Richter in der Zieglergasse. Es ist Aloisias erste Herrschaft, und sie wird keine andere haben in ihrem ganzen langen Leben. Der Handelsmann Samuel Richter und seine Frau Rosa planten eine große Familie zu haben, aber es ist ihnen bislang nur eine Tochter vergönnt. Lea und das scheue Mädchen vom Land sind fast gleich alt. Aloisia darf still im Studierzimmer sitzen, wenn die Hauslehrer kommen. Lea Richter ist ein überaus behütetes Kind, sie hat wenig Kontakt zur Welt draußen, keine Geschwister und kaum Spielgefährten, und so sehen ihre Eltern es gern, wenn die Dienstmagd, mit der Lea dauernd Umgang hat, etwas Bildung besitzt. Aloisia lernt von der alten Köchin deren Handwerk, und weil die Familie klein ist, kümmert sie sich später ganz allein um Haus und Küche. Ihr gesamter Alltag ist jetzt mit dieser Familie verknüpft. Ausnahmen bilden der alljährliche Besuch zu Ostern bei den Eltern im Waldviertel, und der sonntägliche Besuch der Heiligen Messe in der nahe gelegenen Stiftskirche.

***

Samuel Richter hat bei seinem Vater das Verkaufen erlernt, das Lagerhalten und den richtigen Umgang mit der Kundschaft. Mit neunzehn Jahren besucht er eine einjährige private Handelsschule. Die Verwandtschaft legt zusammen und investiert in den jungen Mann, und so kommt genügend Kapital zusammen, um ein eigenes kleines Geschäft in der Vorstadt eröffnen zu können. Die Onkel und Tanten sollten es nicht bereuen, Samuel macht seine Sache gut und zahlt die Darlehen früher zurück als geplant. Er bringt seinen Laden zum Laufen und kann ihn nach wenigen Jahren schon in einen Innenbezirk verlegen – sichtbarer Beweis dafür, dass einer es geschafft hat.

Als Samuel sein dreißigstes Jahr überschritten hat, befindet die Familie, dass es an der Zeit sei, das fidele Junggesellenleben zu beenden. Sie beginnt nach standesgemäßen jungen Frauen Ausschau zu halten. Man hat es damit nicht sehr eilig. Dafür wird sich gleich die Erste als die Richtige erweisen. Nach nur zwei gemeinsamen Spaziergängen willigt die um fast ein Jahrzehnt jüngere Rosa Zuckerberg ein, sich mit

Samuel Richter zu verloben. Sie entstammt – wie ihr Bräutigam – einer zum katholischen Glauben konvertierten jüdischen Familie, die aus Lemberg zugewandert ist. Ein nicht zu unterschätzender Vorteil dieser Verbindung: Rosa kennt die Branche ihres Zukünftigen. Als Tochter eines Galanteriewarenhändlers hat sie gelernt, wie man Bücher führt und das Magazin verwaltet, sie versteht etwas von Bestellwesen und Lagerhaltung, weiß, wie man Personal und Kundschaft behandelt, und sie kann rechnen.

Samuel Richter betreibt den Branntweinhandel. Weil die Geschäfte gut laufen, ist es selbstverständlich, ja geradezu die Pflicht seines Standes, eine Köchin und eine Haushaltshilfe zu beschäftigen. Zwar erfüllt sich der Wunsch des Paares nach einer großen Kinderschar nicht, aber man führt ein zufriedenes Leben. Berufliche Ziele sind erreicht, neue sind gesteckt, wenn auch einzig aus dem Grund, dass sich das halt so gehört. Der Alltag ist geregelt, mit dem Personal hat man Glück, daheim ebenso wie im Geschäft. Nur um seine Rosa sorgt Samuel sich ein wenig, der Haushalt ist klein, die Nachmittage lang, und Rosa neigt zur Traurigkeit. Er nimmt sie manchmal mit ins Kontor, sie beginnt sich um die Bücher zu kümmern, wie einst in der Firma ihres Vaters. Bald übernimmt sie immer mehr Aufgaben und führt schließlich das Bureau mit den drei Angestellten eigenständig. Ihre Tochter Lea weiß sie bei der bodenständigen Aloisia gut aufgehoben.

Das Mädchen vom Land hält derweil seinem Gott die Treue. »Wenn die Lea heiratet, geh ich ins Kloster«, verspricht sie ihm jeden Sonntag in der Kirche. Sie träumt immer noch von einem Leben als Nonne. Und sie hat Sehnsucht nach ihrem Bruder Jakob. Als er Arbeit in Wien findet, ist Aloisia überglücklich. Gemeinsam besuchen sie sonntags die Messe, und anschließend führt Jakob seine Schwester zum Frühschoppen in ein Gasthaus in der Vorstadt, manchmal auch in den Prater.

Die Mädchen werden erwachsen. Beide sind vierundzwanzig Jahre alt, als Lea Richter im August 1883 heiratet. Ihr Bräutigam Ludwig Baumgarten ist um zehn Jahre älter, auch er stammt aus einer vor Langem katholisch getauften jüdischen Familie. Ludwig ist gutaussehend, ehrgeizig und voller Ideen. Er führt ein gepflegtes Weinhaus mit guter Küche, das einen ausgezeichneten Ruf unter den besser situierten Wienern genießt, und er plant gemeinsam mit einem Kompagnon ein zweites zu eröffnen.

Auch diese Ehe haben die Familien mit sanfter, aber bestimmter Hand arrangiert, schließlich hat man damit bisher beste Erfahrungen gemacht.

Aloisia kommt mit in Leas neuen Hausstand. »Du gehörst zu meiner Aussteuer«, scherzt die Braut. Was den Eltern versagt geblieben ist, scheint das Schicksal an der nächsten Generation wettmachen zu wollen: In dem Jahrzehnt zwischen 1886 und 1896 werden Ludwig und Lea neun Kinder geboren, zwei Töchter und sieben Söhne. Ihren Jüngsten nennen sie Walter. Für Aloisia gibt es viel zu tun.

5

Das Haus in der Schellinggasse 12 ist ein imposantes, vier-
stöckiges Eckhaus mit hohen, großen Räumen und einer
Hausbesorgerwohnung im Parterre. Es steht innerhalb des
Rings, der alleeartig gebauten Prachtstraße, die rund um die
Wiener Innenstadt führt. In jedem Stockwerk befinden sich
zwei Wohnungen, diese sind besonders großzügig angelegt,
mit zum Lichthof hin gelegenen Küchen, Speise- und Ab-
stellkammern, Kabinetten und Dienstbotenzimmern. Die
Fenster der herrschaftlichen Räume gehen auf die Schelling-
und die Fichtegasse hinaus. Eine der besten Adressen für gut
situierte Wiener Bürger.

Die Evangelische Kirche hat beide Wohnungen des ersten
Stockwerks angemietet und zusammengelegt und verfügt so
über mehr als vierhundert Quadratmeter Fläche. Hier befindet sich der Sitz des Oberkirchenrats und einiger Dienststellen der Kirchenverwaltung. Es ist reichlich Platz für mehrere
Büros, für Besprechungs- und Vortragsräume, zwei Teekü-
chen, zwei Bäder, einen Wartebereich und eine Bibliothek.
Platz genug auch für eine Einliegerwohnung im hinteren
Teil. Vermutlich hatten die Vormieter sie für eine unverhei-
ratete Verwandte eingerichtet, oder für eine besondere Die-
nerschaft, und mit einer separaten Wohnungstür versehen.
Um dorthin zu gelangen, muss man den gesamten linken
Flügel durchschreiten. Vom Eingangsbereich geht es zuerst
durch einen langen Trakt mit Zimmern zu beiden Seiten.
Der Flur mündet in einen Raum, der als Archiv, und dahin-

ter in einen zweiten, der als Abstellraum für Möbel genutzt wird. Sie werden – außer von der Sekretärin auf dem Weg zu ihrer Wohnung und zweimal jährlich von einer Frau, die die Fenster putzt und den Boden reinigt – von niemandem betreten. Die Tür an der Rückseite führt in einen weiteren kleinen Vorraum, und hier endlich liegt der Eingang zu Evas Dienstwohnung.

Sie ist überglücklich, als sie die Wohnung im Juni 1941 zum ersten Mal betritt, und jedes Mal, wenn sie den Schlüssel ins Schloss steckt und das satte Geräusch beim Auf- oder Zusperren hört, verspürt sie dieses Gefühl von Freiheit. Zum ersten Mal in ihrem Leben bewohnt sie einen eigenen Bereich, den sie hinter sich abschließen, aus dem sie die Welt ausschließen kann. Niemand soll diesen Bereich betreten, er gehört ihr ganz allein. Die Kollegenschaft weiß, dass die Sekretärin »dort hinten« wohnt, aber kaum jemand ist je auch nur in die Nähe gekommen. Eine massive zweiflügelige Kassettentür hat in der oberen Hälfte zwei dicke Milchglasscheiben, die von innen und außen von dekorativ gebogenem Schmiedeeisen geschützt werden. Gleich nach ihrem Einzug hat Eva eine riesige, dicht gewebte Wolldecke an den oberen Rahmen genagelt. Gegen die Zugluft, und damit kein Licht nach draußen fällt. Jetzt ist ihre Höhle perfekt.

Die Wohnung ist nicht sehr groß. Man betritt die Küche, die zugleich Vor- und Wohnzimmer ist. In einer durch einen weiteren dicken Vorhang abgeteilten Nische gleich links vom Eingang befindet sich ein Wasserklosett. Eine wuchtige weiße Küchenkredenz macht sich an der Stirnseite des Raumes breit, daneben duckt sich ein winziger Schreibtisch mit Rolltüren.

Eine Tür in der hinteren linken Ecke führt in den allerletzten Raum des Stockwerks und zugleich der Wohnung. Es ist Evas Schlafzimmer. In einer Nische finden ihr schmales Metallbett und ein Nachtkästchen Platz. Außer einem braunen Kleiderschrank ist dieser Raum nur noch mit einem hüfthohen Bücherregal unter dem Fenster und einem Stuhl möbliert. Sämtliche Möbelstücke waren schon da gewesen, und die mittellose Frau war froh darum, auch wenn es sich um abgenutzte Dinge handelte. Vor Kurzem hat Eva sich ein Tischchen auf Rollen aus dem Möbelfundus der Kanzlei geholt, und darauf stehen nun zwei Töpfe mit Ablegern von Zimmerpflanzen, die der Hausbesorger im Stiegenhaus zieht.

In der rechten hinteren Ecke befand sich ursprünglich ein Ausgang auf ein schmales rückwärtiges Treppenhaus, das nicht mehr benutzt wird. Solche Hintereingänge wurden für Lieferanten und Dienstboten gebaut. Als Eva die Wohnung bezog, war dieser Zugang längst zugemauert.

6

Es ist dreiviertel neun. Längst liegt die Stadt in völliger Dunkelheit. Der halb volle Mond ist hinter der dichten Wolkendecke nicht zu sehen. Die Menschen haben sich an die Finsternis fast gewöhnt. Seit Kriegsbeginn müssen sämtliche Fenster verdunkelt werden, nicht der kleinste Strahl darf durch eine Ritze dringen. Weder Auslagen noch Reklameschilder sind erleuchtet, selbst die Fenster der Straßenbahnen hat man dunkelblau angepinselt. Die feindlichen Flieger finden ihre Ziele trotzdem.

Erich Novak ist der Hausbesorger in der Schellinggasse 12. Der alleinstehende, unter Bluthochdruck leidende Mann ist im Sommer sechsundfünfzig Jahre alt geworden. Im Ersten Weltkrieg verwundet, konnte er seinem erlernten Beruf als Rauchfangkehrer nicht mehr nachgehen und betreut jetzt seit mehr als zwei Jahrzehnten das elegante Eckhaus im Zentrum Wiens. Vor einiger Zeit ist die Funktion des Luftschutzwarts dazugekommen. Dafür hat er eine eigene Schulung absolviert und trägt jetzt die Verantwortung dafür, dass sich sämtliche Hausbewohner sowie alle Besucher, die sich im Gebäude oder in der unmittelbaren Umgebung aufhalten, bei Alarm unverzüglich in den Keller begeben. Tag und Nacht läuft Novaks Radio ganz leise, damit er den »Kuckuck« nicht verpasst, ein Ticken, das gesendet wird, wenn man sich nähernde feindliche Flugzeuge ausgemacht hat und demnächst mit Bombenalarm zu rechnen ist. Er wacht über die Vorräte und die Sauberkeit, er weist ein, entscheidet, registriert. Überhaupt soll er ein wachsames Auge auf alle Vorgänge im Haus haben. Novak nimmt seine Aufgaben ernst, und seit Wien immer öfter Ziel von Bomben geworden ist, fällt ihm endlich wieder eine wichtige Rolle zu.

Der heutige Freitag verlief bisher ohne besondere Vorkommnisse. In wenigen Minuten wird Novak, wie es in Wien üblich ist, das Haustor für die Nacht versperren. In die Tür zu seiner aus einem einzigen Raum bestehenden Parterrewohnung ist auf Kopfhöhe ein Fensterchen eingeschnitten, durch das er den gesamten Eingangsbereich überblicken kann. Nie kommt oder geht jemand, ohne dass sich der Vorhang hinter der Scheibe bewegt.

Novak hat Schritte gehört und weiß bereits, wer da gleich anläutet. Widerwillig öffnet er. Draußen steht die Sekretärin des evangelischen Professors, dessen Diensträume sich über den ganzen ersten Stock erstrecken und der selbst eine Wohnung im dritten Stock bewohnt, seit der jüdische Zahnarzt samt Familie dort ausgezogen ist. Seine Sekretärin bewohnt eine Dienstwohnung im hinteren Teil der Kanzlei. Eva entschuldigt sich wortreich, es sei ihr überaus unangenehm, den Herrn Hausbesorger zu so später Stunde zu behelligen, aber der Herr Professor habe sie fernmündlich dringend gebeten, wichtige Papiere aus seiner Wohnung herunterzuholen. Diese Papiere müsse sie heute noch bearbeiten und morgen zeitig in der Früh zur Post tragen, es handle sich um eine Fristsache. Der Professor selbst sei verreist und habe sie geschickt, den Herrn Hausbesorger in seinem Namen höflich zu bitten, er möge sich doch entgegenkommenderweise nach oben bemühen um ihr aufzusperren, er würde sich auch wegen der Unannehmlichkeit, die man dem Herrn Hausbesorger zumute, vielmals entschuldigen. Novak blickt mürrisch, ihm gehen diese umständlich langen Sätze auf die Nerven. Eva bewegt ein paar Münzen in ihrer Hand. Er greift sich Schlüsselbund und Taschenlampe und schlurft in Schlafrock und Hausschuhen wortlos vor ihr die Stiegen hinauf bis in den dritten Stock. Schwer atmend sperrt er die Wohnung des Professors auf und lässt Eva eintreten. Er folgt ihr und beobachtet jeden ihrer Handgriffe.

Das Minutenlicht im Stiegenhaus erlischt. Unten öffnet sich das Haustor. Eine Gestalt huscht, sich nah an der Wand haltend, leise in den ersten Stock. Die Kanzleitür ist, wie verabredet, unversperrt.

Eva kramt umständlich in einigen Stapeln herum, bis sie – »Gott sei Dank, da hier ist es ja!« – eine dünne Mappe hervorzieht.

Kurz darauf kommt sie, gefolgt von Novak, wieder herunter, jetzt klimpert es in der Tasche seines Schlafrocks. Sie hält die Mappe unter den Arm geklemmt. Im ersten Stock hantiert sie mit ihrem Schlüssel an der Kanzleitür, dreht sich noch einmal zum Hausbesorger um, bedankt sich wortreich für die Mühe, auch im Namen des Herrn Professors, und wünscht dem Herrn Hausbesorger eine gute Nacht. Novak macht sich, Unverständliches brummend, ans Zusperren des Haustors. Dann schlapft er in seine Wohnung zurück. Es wird still im Haus.

In der Kanzlei wird kein Licht gemacht. Die beiden Gestalten kommen zurecht, sie kennen die Räumlichkeiten. Rasch gehen sie durch die weitläufigen Gänge und Zimmer. Eine Tür wird auf- und wieder zugesperrt. Jetzt erst flammt Licht auf. Der Mann und die Frau stehen zu nah voreinander und treten verlegen einen Schritt zurück. Walter, der immer so viel Wert auf eine gepflegte Erscheinung legt, wirkt erschöpft. Ihm ist anzusehen, dass er sich unwohl fühlt und fehl am Platz. Er betritt diesen Ort zum ersten Mal. Es ist Evas Dienstwohnung und gilt ausnahmslos allen als eine Art Sperrzone.

***

Es ist nicht leicht gewesen, Walter zum Untertauchen zu überreden. Überreden ist das falsche Wort. Überzeugen ist das falsche Wort. Vielleicht wäre Erpressung das richtige.

Als der unselige Brief kam, noch während Walter das Kuvert mit fahrigen Fingern aufriss, war sein erster Impuls: Weglaufen. Verstecken. Ihnen diesen Triumph nicht freiwillig lassen. Aber nach nur wenigen Minuten schon schlug seine Stimmung ins genaue Gegenteil. Alles ist sinnlos, dieser Übermacht bist du nicht gewachsen, und warum solltest du auch als Einziger leben, während so viele aus deiner Familie tot sind oder in alle Welt verstreut und womöglich auch schon nicht mehr am Leben?

Seiner Mutter konnte er diese Nachricht nicht zumuten, noch nicht. Eigentlich war Walter gerade auf dem Weg zur Arbeit, aber daran war jetzt auch nicht zu denken. Wie betäubt wandte er sich in Richtung Innenstadt. Er ging zu Fuß, die Vorstellung, in einer Straßenbahn oder überhaupt in einem Raum zu sein, verursachte ihm Atemnot. Viel zu kurz erschien ihm der Weg dennoch. Wie von selbst führten seine Schritte ihn zur Kanzlei.

Gleich nachdem Eva den Brief gelesen hat, greift sie zum Telefon, »Bitte eine Leitung zur Heilmittelstelle im dritten Bezirk«, und meldet Herrn Walter Baumgarten krank. »Mein allererster Krankenstand«, denkt Walter und atmet tief ein.

Beim Ausatmen wird ihm bewusst, dass er seit Stunden krampfhaft die Luft angehalten hat. Es ist, als wäre ihm gerade die halbe Last von den Schultern genommen. Er überlässt sich. Eva handelt.

Sie betritt das Zimmer ihres Chefs. Schon nach wenigen Minuten ist sie zurück, läuft aber gleich weiter ins Schreibzimmer. Sie trägt ihrer jungen Kollegin auf, die Stellung zu halten und keine neuen Termine zu vergeben, bis sie wieder zurück sei. Wann genau das sein werde, könne sie jetzt noch nicht sagen, sie werde sich fernmündlich melden, falls sie morgen nicht zurück sei. Dem Kanzleiboten legt sie die Post auf den Tisch, deckt ihre Schreibmaschine, in der noch ein Blatt Papier steckt, ab, sperrt die Schubladen zu und bedeutet Walter, kurz zu warten.

Walter sitzt unbeweglich, in seinen Ohren summt es und die Gliedmaßen sind schwer. Erst als Eva in Mantel und Hut vor ihm steht, merkt er, dass sie ihn schon einige Male angesprochen haben muss, aber erst als sie ihn am Unterarm berührt, lässt seine Starre nach und er erhebt sich mühsam. Eva schiebt ihn aus dem Zimmer, aus der Kanzlei, aus dem Haus, aus der Stadt. Er kann sich später kaum an diese Stunden, an diesen Weg erinnern. Sie mussten mit der Bahn gefahren sein. Erst angesichts eines kahlen, grob umgepflügten Feldes, eines Waldrands, eines Weges, auf dem er und Eva schweigend nebeneinander hergehen, füllen sich seine Lungen mit der kalten Luft des späten Oktobertags, und allmählich kehrt die Wahrnehmung in seinen Körper zurück.

Walter erkennt die Gegend wieder. Als Kind hat er oft seine Sommerferien ganz in der Nähe verbracht. Eva hat ihn in einem Sanatorium untergebracht, das von der Evangelischen Kirche betrieben wird. Derzeit werden ein paar Blinde dort betreut, und in den ehemaligen Krankensälen sind Flüchtlinge und Ausgebombte untergekommen. »Wir machen in Ruhe einen Plan, und so lange bleiben Sie hier«, sagt Eva, während sie über den Feldweg gehen.

»Nein, Tante Eva!«, seine heisere, seit Stunden nicht benützte Stimme ist ihm fremd. »Bitte nein!« Und dann redet Walter ohne Unterlass, er bringt Argumente vor und Befürchtungen – und sie alle führen zu dem Ergebnis, dass er beschlossen hat, sich zu stellen, dass er sein Schicksal annehmen wird, dass er niemanden, vor allem seine alte Mutter nicht, gefährden wird, und dass nichts und niemand ihn davon wird überzeugen können, seine Entscheidung zu überdenken oder gar zurückzunehmen. »Mein Entschluss ist endgültig. Es tut mir leid, Tante Eva …«

»Lassen Sie das alberne ›Tante‹. Jetzt haben Sie Ihres gesagt. Wir gehen noch ein Stündchen, und wenn Sie einverstanden sind, können wir ja still beten.«

Da gehen sie, raschen Schrittes, vor ihren Mündern bilden sich rhythmisch kleine Dampfgebilde. Die Dämmerung unter dem wolkenbeladenen Himmel setzt früh ein. Die Luft riecht nach Schnee, in den nächsten Tagen schon würde er fallen. An einem Feldrain entlang stolpern die beiden in ihren Stadtschuhen zur asphaltierten Landstraße, die kaum befahren ist und die sie in einem weiten Bogen zurück zu den Gebäuden des Sanatoriums bringt. Längst ist es dunkel geworden. Eva hat bei ihrer Ankunft alles geregelt. Sie selbst kann auf einem Feldbett im Zimmer der Oberschwester schlafen. Walter erwartet ein Platz in einem Männerschlafsaal. Eva begleitet ihn noch bis an die Tür. »Sprechen Sie mit niemandem. Gute Nacht, Walter. Vertrauen wir auf Gott.«

Am nächsten Tag scheint alle Milde aus dieser Frau gewichen. Eva und Walter gehen den gleichen Weg noch einmal, und diesmal spricht sie. Sie spricht von der Pflicht zu leben. Von der Pflicht zu kämpfen, gegen Unrecht, Krieg und Faschismus. Sie spricht von den vielen Opfern, die die Helfer gebracht, von den vielen Gefahren, denen sie sich ausgesetzt haben. »Sie wissen zu viel. Wir können es einfach nicht riskieren, Sie in die Hände der Nazis fallen zu lassen. Bevor sie Ihnen das Leben nehmen, werden sie Sie foltern, und kein Mensch ist stark genug. Ich weiß, wovon ich spreche …«

»Dann werde ich mir eben selbst das Leben nehmen.«

»Das ist eine gute Idee. Ich helf Ihnen dabei.«

***

»Möchten Sie noch einen Tee, Walter? Oder soll ich Sie gleich hineinbringen?«

»Bitte keine Umstände.«

»Legen Sie sich erst einmal schlafen, Sie sind ja völlig erledigt.«

Walter nickt kraftlos. Er schwitzt und fröstelt gleichzeitig, und er scheint Mühe zu haben, seine Aktentasche zu halten, in der sich das Wenige befindet, das er jetzt noch besitzt.

Eine zweite Nacht hatte er im Sanatorium Salzerbad verbracht, da war Eva schon wieder abgereist. Am frühen Morgen des Freitag war er zu Fuß nach Kleinzell aufgebrochen und nahm dort den ersten Postbus nach Mödling bei Wien. Den Rest des Weges legte er dann wieder zu Fuß zurück. Er hielt sich streng an Evas Anweisungen. Er ging zu schnell, vor lauter Sorge, er könne sich verspäten. Schließlich ist er lange vor der vereinbarten Stunde da. Er setzt sich – entgegen Evas Ermahnungen – auf eine Bank im nahen Stadtpark und hofft, dass niemand ihn erkennt. Gut, dass es früh dunkelt. Das Stillsitzen bringt seine Gedanken in quälende Bewegung. Plötzlich hat er das starke Bedürfnis, zu seiner Mutter zu laufen, ihr zu zeigen, dass er lebt, der alten Frau ihren Schmerz zu nehmen und sich danach einem unvermeidlichen Schicksal zu überlassen. Wenn alles nach Plan gegangen ist, hat sie wohl heute seinen Abschiedsbrief erhalten, und wenn nicht, würde sie sich schreckliche Sorgen machen, weil der Sohn den dritten Tag, ohne ein Lebenszeichen zu geben, nicht nach Hause gekommen ist. Er will nicht an dieser Grausamkeit schuld sein, die Aloisia angetan wird, sondern die Verantwortung soll bei diesen mörderischen Behörden und ihren Gesetzen liegen. Andererseits hat auch Eva recht, er würde damit mehrere Menschen in Gefahr bringen. Innerlich zerreißt es Walter, äußerlich ist er gelähmt, und so bleibt er unbeweglich auf der Parkbank sitzen. Er spürt die Kälte nicht, die mit dem Sonnenuntergang kommt. Und dann ist die vereinbarte Stunde da, die ihn als Geretteten und zugleich Gefangenen in die Kanzlei führt.

***

In der Küche holt Eva einen metallenen Gegenstand aus der Bestecklade und bedeutet Walter, ihr zu folgen. In ihrem Schlafzimmer bleibt sie stehen und wendet sich zu ihm um. »Da ist noch etwas, Walter. Sie sind doch auch mit den Blochs bekannt, das alte Ehepaar. Die sind gerade hier, vorübergehend. Es wird ein paar Tage etwas eng werden. Die beiden wissen schon, dass heute noch jemand kommt.«

Eva rollt das Tischchen mit dem fedrigen Asparagus und der üppigen Grünlilie zur Seite, klopft leicht gegen die Wand, die jetzt die Nische verdeckt, in der früher Evas Bett stand.

Sie hebt ein Stück Tapete an. Der Metallgegenstand erweist sich als Klinke. Damit hantiert sie, und eine dünne, mit Tapete bespannte Holztür tut sich auf. Sie schlüpft hindurch. Walter folgt ihr in den schmalen, fensterlosen Raum, und er versucht einen humorigen Gruß: »Guten Abend die Herrschaften, hier kommt das nächste U-Boot.« Niemandem will ein Lächeln gelingen.

7

Einer schreibt ein Gedicht. Er ist kein Dichter, und geschrieben hat er bisher nur Predigten, Bittgesuche und amtliche Korrespondenz. Er verfasst diese Zeilen in einer Karfreitagsnacht, in der eine Not nicht größer vorstellbar ist. An diesem Tag hat den Mann die Nachricht erreicht, dass nun auch sein zweiter Sohn das Leben im Krieg gelassen hatte. Seinem Gott schleudert der verwaiste Vater die Worte entgegen:

Wie viel Weinen in der Welt
Irrt durch jede Nacht.
Doch kein Trost vom Himmel fällt
Lindernd in die Nacht.

Schmerzzerbrochen schreit dein Herz
Gott! Wo bist du Gott!
Schau umsonst ich himmelwärts?
Ist mein Glaube Spott?

Hält der Teufel Regiment?
Bist du, Gott, entthront?
Diese Frage höllisch brennt
Und kein Herz verschont.

Das Kuvert trägt einen Salzburger Absender. Eva findet es in der Post an ihren Chef. Zu ihren Aufgaben gehört es, diese Post zu öffnen. Der Verfasser hatte es an den Oberkirchenrat in Wien geschickt, weil Gott keine Adresse hat. Eva, die die Geschichte dahinter nicht kennt, hält es für einen jener Beiträge gegen den Krieg und den »Teufel« Hitler, die in der Kanzlei vervielfältigt und heimlich verteilt werden. Heimlich, weil es sich bei diesem harmlosen Tun nach dem derzeit geltenden Recht um den Straftatbestand der Wehrkraftzersetzung handelt, und die wird schwerst geahndet. Selbst wenn es bei einem Auffliegen nicht zum Schlimmsten kommen sollte – Evas hart erkämpfte befristete Aufenthalts- und Arbeitserlaubnis wäre in jedem Fall verspielt. Sie tippt dieses Gedicht und weitere Texte auf Wachsmatrize, und wenn donnerstagvormittags kein Parteienverkehr ist (nachts wäre es zu still im Haus), zieht sie sie in einem der Badezimmer, das fensterlos im Zentrum der Kanzlei liegt, durch eine handbetriebene Spirituswalze. Sie hat eine junge Mitstreiterin, Irmi, die ihr dabei hilft. Die Walze und alles Zubehör muss nach getaner Arbeit umständlich in einer Kohlenkiste verstaut, und diese mit allerhand Gegenständen verstellt werden, damit es aussieht, als würde hier seit Jahren Unbenütztes gelagert. Sind vier Bögen zusammengekommen, nähen die Frauen in abendlicher Handarbeit die Blätter zu schmalen Heftchen zusammen. Es gibt einen in der Gruppe, den Walter Baumgarten, der gerne zeichnet. Und so tragen die meisten Hefte Bilder von Blumen oder lieblichen Landschaften auf dem Titelblatt. Die Auflage beträgt anfangs zwanzig, später sind es hundertfünfzig Exemplare. Bei den regelmäßig in der Kanzlei stattfindenden Männer-Bibelstunden stopfen die Teilnehmer diese Schriften mit dem Titel »Trost und Trutz« in ihre Aktentaschen und tragen sie hinaus in die Spitäler und Lazarette, um sie bei seelsorgerlichen Gesprächen an verwundete Soldaten zu verteilen.

Manchmal tut Eva eigenmächtig etwas, das sie selbst vor ihren Mitstreitern verheimlicht. Die geistigen Gedichte erscheinen ihr oft zu wenig eindeutig, zu harmlos. Da flammt ihr Kampfgeist aus einem früheren Leben wieder auf und möchte sich irgendwie äußern. Und so fabriziert sie eine kleine Auflage von Blättern, die sie – in schmale, lesezeichengroße Streifen geschnitten – in unbeobachteten Momenten in Stiegenhäusern oder auf Parkbänken auslegt.

Wer ist des Grußes wert?

Nur wer Verrat getrieben
An Öst'reichs Volk und Land
Den grüße mit Heil Hitler
Und hocherhobner Hand!

Nur wer den Eid gebrochen
Ein »echter deutscher« Mann,
Den grüße mit Heil Hitler
Denn diesen geht es an!

Nur wer die Toten schändet
Und ihre Mörder ehrt,
Den grüße mit Heil Hitler
Der ist des Grußes wert!

Im November 1943 landet ein amtliches Schreiben auf ihrem Schreibtisch. Es ist eine an ihren Chef Professor Franz Fischer adressierte Vorladung zur Gestapo, Morzinplatz, Pressereferat. Eva hält es für brandgefährlich, den ihrer Einschätzung nach etwas ungeschickten Kirchenmann den Befragungen ei-

37

nes Nazis auszusetzen – auch wenn der Chef nichts von den Aktivitäten weiß, die sich unter seinem Dach abspielen. Womöglich könnte jemandem einfallen, Nachschau zu halten in seinen Räumlichkeiten oder – Gott bewahre – weiter hinten in ihrer Wohnung. Rasches Handeln ist verlangt. Sie rät ihrem Chef nachdrücklich, unverzüglich abzureisen, gleich am nächsten Tag, nach Deutschland, zu einer angeblich längst geplanten Vortragsreise, oder um seine alten Eltern zu besuchen. Er solle sich keine Gedanken machen, sie werde das in die Hand nehmen. Der Chef macht fast immer, was seine Sekretärin sagt, und so nimmt er einen der beiden Personenzüge, die täglich zwischen Wien und Stuttgart verkehren.

Zur bezeichneten Stunde erscheint eine Frau im Gestapo-Hauptquartier. Sie trägt derbe Schuhe, einen langen Mantel, dessen Saum zipfelt, und sie hat ein Kopftuch umgebunden. Ihre Haltung ist devot, der Gesichtsausdruck naiv, ihr Mund steht leicht offen. Ihre schäbige Handtasche hält sie mit der Linken gegen die Brust gepresst, mit der Rechten, die den Passierschein hält, fuchtelt sie beim Eintreten ins Büro des Pressereferenten herum, was als verrutschter Hitlergruß durchgehen könnte. Der Herr Professor sei dienstlich im Reich unterwegs, und als seine Sekretärin komme sie in dessen Vertretung. Der Passierschein entgleitet ihrer Hand, dümmlich grinsend hebt sie ihn auf. »Eine erste Kraft sind Sie ja gerade nicht. Das glaube ich, dass der Herr Professor lieber ins Reich fährt.« Der Referent ist unwirsch, wittert aber, dass diese Person vielleicht etwas ausplaudern könnte, und fragt nach Druckwerken. »Ach, Herr Referent-küss-de-And, das ist ja genau unser Jammer!«, hebt die Frau in einem unangenehm hohen Tonfall an und ist kaum mehr zu unterbrechen. »Wir können ja nicht einmal mehr unseren *Gemeindeboten* herausgeben, und das so lange schon nicht mehr. Aber das ist ja noch nicht das Schlimmste. Wenn der Herr Referent-küss-de-And behilflich sein könnte und sich um eine Papierzuteilung bemühen möchte, für die verwundeten Soldaten, damit sie einen Brief in die Heimat schreiben können, an ihre Mütter. Diese tapferen jungen Männer, ihre Gesundheit, fast das Leben haben sie gegeben fürs Vaterland, so ein Jammer ist das, weil auf die Kärtchen vom Roten Kreuz passt ja nix drauf, wenn also der Herr Referent-küss-de-And so großzügig sein möcht, für diese deutschen Helden ein wenig Papier zuzuteilen, es muss ja gar nix Hochwertiges sein, der billigste Hadern würde schon den Zweck erfüllen, ich bitt schön untertänigst, lieber guter Herr Referent-küss-de-And. So oft habe ich Firmen um Papier für die Lazarette gebeten, aber die geben uns nichts.«

»Es gibt ja wohl dringendere Papierverwendung …«, schafft es der Beamte einzuwerfen, da hebt die Besucherin mit sich überschlagender Stimme wieder an: »Aber kann es Dringenderes geben, als dass eine deutsche Mutter einen Brief von ihrem kranken Sohn erhält? Bitte, ob ich wohl dem Herrn Professor eine gute Nachricht überbringen darf? Dürfen wir uns Hoffnung machen, Herr Referent-küss-de-And, Gott wird es Ihnen tausendmal vergelten …« Der Referent schaut zu, dass er sich dieser dummen Kuh entledigt. Die stolpert zur Tür, dreht sich dort noch einmal um, macht einen Knicks, murmelt »Küss-de-And«, dabei gleitet ihr der Passierschein wieder aus der Hand, sie muss ihn aufheben, wodurch wieder kein rechter Hitlergruß zuwege kommt. Als sie endlich draußen ist, murmelt der Referent verächtlich »Kirchenvolk, vertrotteltes« und schließt die Kladde auf seinem Tisch.

Draußen muss Eva sich zwingen, nicht zu laufen oder gar zu tanzen. Ihr Herz rast. Sie schwitzt unter dem viel zu warmen Mantel. Sie muss an die etlichen Hundert Bogen guten Abziehpapiers denken, eingelagert in der Kohlenkiste. Im Flur vor ihrer Dienstwohnung steht dieser riesige Kasten, darauf stapeln sich verschnürte Matratzen und zusammengerollte Teppiche.

Auch ein paar alte Kalender aus dem Jahr 1934 liegen in der Kiste. Eva und ihre junge Freundin Irmi haben sie auftreiben können. Einige sind bekritzelt oder haben Eselsohren, aber das macht nichts. Neue Kalender sind so gut wie gar nicht zu bekommen, und irgendein kluger Kopf hat herausgefunden, dass die Wochentage und sogar die Feiertage des Jahres 1945 exakt die gleichen sind wie elf Jahre zuvor. Wie gern würde Eva ein Zeichen darin sehen: 1934 begann ihr Unglück; vielleicht wird es 1945 zu Ende sein?

8

Stefan und Franziska Benes kehren um das Jahr 1930 in ihren Geburtsort Buchlovice in Mähren zurück, nachdem sie fast ihr ganzes Leben in Wien verbracht hatten. 1890, noch vor seinem vierzehnten Geburtstag, war Stefan zur Lehre in die Hauptstadt geschickt worden, weil sich seine ledige Mutter dort eine bessere Existenz für den einzigen Sohn erhoffte. In Wien leben sehr viele Tschechen, etliche sogar aus seinem Geburtsort Buchlovice. Stefan schließt sich ihnen an, man kümmert sich anfangs ein bisschen um den Burschen. Er muss zusehen, dass er schnell erwachsen wird. Er hat Glück mit seinem Lehrherrn, einem Maler und Anstreicher. Der Bub bekommt eine eigene Kammer unter dem Dach des Fuhrwerkerhauses in der Vorstadt Hernals, in dem auch die Werkstatt und die Wohnung des Meisters liegen. Stefan wird gerade sechzehn Jahre alt, als Hernals als siebzehnter Bezirk der Stadt Wien feierlich eingemeindet wird. In seiner spärlichen Freizeit besucht er Veranstaltungen und Geselligkeiten in einem der zahlreichen Tschechischen Klubs. Dort trifft er die junge Franziska. Man stellt fest, dass man aus der gleichen Gegend stammt, und es fühlt sich irgendwie heimelig, heimatlich an, wenn man beisammen ist. Ihr Fremdsein lässt sich nicht vertuschen, zu hartnäckig haftet jener Akzent, den die Wiener »Böhmakeln« nennen, an ihnen. Auch das Mädchen ist als Halbwüchsige in die große Stadt geschickt worden, damit sie einer Verwandten, einer »gut« verheirateten Tante, im Haushalt zur Hand geht. Franziska ist die Älteste in einer langen Geschwisterreihe, und ihre Familie daheim ist auf einen Teil ihres Lohnes angewiesen, auch wenn der noch so karg ist. Um ihn etwas aufzubessern, besorgt sie zusätzlich die Wäsche von anderen Herrschaften. Stefan und Franziska werden unzertrennlich.

Bevor sie ans Heiraten denken können, muss Stefan seine Lehre abschließen und ein paar Jahre als Geselle Geld verdienen und sparen. Sein Widerstand gegen diesen Beruf war zunächst groß, viel lieber wäre er Kunstmaler oder Restaurator geworden. In seiner Stube stapeln sich Entwürfe für Fassadenmalerei und Kirchenfresken. Er zeichnet gepresste Blumen ab, koloriert sie, und dann schenkt er sie seiner Liebsten.

Sein Lehrherr ist kinderlos, und er hat sich lange unter seinen Gesellen umgeschaut. Er lässt sich Zeit, mehrere Jahre lang beobachtet er Stefan, schließlich trifft er seine Wahl. Als man Silvester 1899 gemeinsam feiert und das alte Jahrhundert zum Teufel schickt, eröffnet der Meister Stefan seinen Plan, ihn zu seinem Nachfolger zu machen. Der hatte das schon geahnt und stimmt freudig zu. Vor Aufregung verschluckt er sich am Sekt, mit dem man auf die glänzende Zukunft und ein glückliches zwanzigstes Jahrhundert anstößt.

Jetzt kann endlich die Hochzeit geplant werden. Das Fuhrwerkerhaus bekommt einen Anbau mit Garten, dorthin siedelt das alte Meister-Ehepaar und überlässt dem Nachfolger seine Wohnung über der Werkstatt. Im September legt Stefan die Meisterprüfung ab. Im Frühling 1901 heiratet er seine Franziska, und im Herbst bekommt das Paar sein erstes Kind. Das Mädchen wird in der nahe gelegenen Pfarre Weinhaus auf den Namen Genofeva Stefanie getauft.

Die Familie Benes wächst. Auf Genofeva folgt ein Otto und dann ein Frantisek. Mit dem um zwei Jahre Jüngeren liegt die Erstgeborene dauernd im Streit, mit dem um vier Jahre Jüngeren fühlt sie sich seelenverwandt.

Die Lebenswege der Kinder sind in den Augen ihrer Eltern fast von Geburt an vorgezeichnet, und wenn alles nach Plan geht, wird diese nächste Generation den Aufstieg in einen höheren Stand schaffen. Anders als die »böhmakelnden« Eltern sind die drei Benes-Kinder auch hörbar echte Wiener. Otto soll einst den väterlichen Betrieb übernehmen, Frantisek wird einen anderen nützlichen Beruf ergreifen, und aus dem Mädchen soll einmal eine gute Ehefrau werden.

Genofeva, von allen Jena oder, zärtlicher, Jenka gerufen, ist ein waches Kind, begabt, neugierig und ehrgeizig. Sie tut sich leicht in der Schule, erledigt flott ihre Hausaufgaben und läuft danach am liebsten zum Vater in die Werkstatt, wo sie wie nebenbei dessen Handwerk erlernt. Solange sie klein ist, werden ihre Basteleien, Mischereien und Schmierereien geduldet, der Vater findet sogar seinen Spaß dabei, einem Mädel das Malen und Anstreichen beizubringen. Außerdem ist sie ihm nützlich, es braucht oft nicht einmal eine Aufforderung, stets ist sie mit Handreichungen zur Stelle. Dann besinnt sich der Vater eines Tages anders und schickt seine Tochter fort: »Geh lieber der Mutter was helfen.«

Die Vierzehnjährige, die die fünfklassige Volksschule und danach die dreiklassige Bürgerschule besucht hat, wünscht sich nichts sehnlicher, als weiter lernen zu dürfen. Sie träumt von einem Eintritt in das Gymnasium der Eugenie Schwarzwald, über die ganz Wien spricht und die Zeitungen schreiben. Die Pädagogin ist eine Pionierin der Mädchenbildung und hat eine private Schule gegründet, in der ihre Schülerinnen die Matura ablegen können.

Für Jenka muss das ein Traum bleiben. Eine Handwerkertochter soll sich einen anständigen Handwerker suchen, das Höchste wäre wohl ein Meister mit eigenem Betrieb. Ein braver Facharbeiter ist auch vorstellbar, dieser Klasse fühlt man sich eher verwandt. Keiner weiß, wohin eine höhere Bildung führen soll bei einem Mädchen. Und ganz davon abgesehen: Wer sollte denn so eine teure Schule bezahlen?

Da tritt eine gute Fee in Jenas Leben. Die ältere Verwandte ihrer Mutter, bei der die ganz junge Franziska ihre erste Stellung gehabt hatte, ist eine »günstige« Ehe mit einem Wiener Beamten eingegangen und lebt jetzt als Witwe in einem Innenbezirk. Sie hat Verständnis für die Sehnsüchte des aufgeweckten Mädchens. Zwar kann auch sie ihr den Wunsch nach der Schwarzwald-Schule nicht erfüllen, jedoch überzeugt sie Stefan und Franziska – indem sie die Kosten übernimmt –, dass der Besuch einer zweijährigen privaten Handelsschule für eine junge Frau passend sei, ja dass es ihre Chancen auf dem Heiratsmarkt nur verbessern könne, weil sie einem zukünftigen Ehemann die Buchhaltung würde machen können.

Jena legt ihre Kindernamen ab und lässt sich in der Handelsschule mit ihrem Taufnamen Genofeva rufen. Sie ist eine eifrige Schülerin und sie tut sich leicht mit dem Stoff. Wieder sind die Hausaufgaben schnell erledigt, und danach kümmert sie sich praktisch allein um den Haushalt, damit ihre Mutter aushäusig als Wäscherin arbeiten kann. Sie kocht das Abendessen und lernt mit den Brüdern. Otto kämpft mit den Buchstaben, Frantisek mit den Zahlen. Eine leichte Unruhe begleitet sie jedoch durch diese Zeit. Wortlos gibt man ihr zu verstehen, dass sie ein unverdientes Privileg genießt, weil sie nicht arbeiten geht und nichts zum Familieneinkommen beiträgt. Genofeva träumt dennoch weiter heimlich von Matura und Studium.

Am 28. Juni 1914 heißt es: »Wir haben Krieg.« Das junge Mädchen kann sich darunter nichts vorstellen, aber es spürt die Bedrohung, die von dem Wort ausgeht. Stefan gehört gerade noch zu dem Jahrgang, der eingezogen wird und muss zu den Soldaten. Genofeva wird die Schule abbrechen und arbeiten müssen, da führt wohl kein Weg daran vorbei, jetzt, wo der Verdienst des Vaters ausfällt. Da tritt noch einmal die alte Verwandte als rettende Fee auf. Sie gibt ihrer Nichte Franziska wöchentlich einen Betrag, der dem Lohn einer Wäscherin entspricht, damit deren Tochter das knappe Jahr, das ihr noch fehlt, in der Schule bleiben und ihren Abschluss machen kann. Genofeva lernt Maschinschreiben, Stenografie, Buchhaltung und Lagerhaltung, aber sie lernt auch, dass es gut ist, einen Beruf zu haben.

Gleich nach Abschluss der Handelsschule, noch mitten im Krieg, tritt Genofeva ihre erste Stellung als Kanzleikraft in der Verwaltung einer Krankenkassa an. Nach Ablauf der unbezahlten Probezeit verdient sie schließlich ihr eigenes Geld. Sie gibt einen Teil davon der Mutter und lässt es sich nicht nehmen, ihrer Wohltäterin jeden Monat einen kleinen Betrag zurückzuzahlen. Bei aller Sparsamkeit kauft sie vom ersten Gehalt zum ersten Mal in ihrem Leben etwas für sich. Es ist eine Aktentasche aus hellem Rindsleder, die sie fortan an Stelle einer Damenhandtasche überallhin mit sich tragen wird, wie ein Erkennungszeichen. Sie ist stolz auf das Erreichte, auf ihren Beruf, auf ihre Selbständigkeit. Sie schaut zuversichtlich in die Zukunft, gibt ihren heimlichen Traum von einem Studium noch nicht ganz auf. Die Rechtswissenschaft hat es ihr angetan. Eugenie Schwarzwald hat kürzlich eine private

Rechtsakademie für Frauen gegründet, in der ihre Maturantinnen studieren können. An der öffentlichen Universität sind Frauen zu einem Jus-Studium noch nicht zugelassen.

9

Der Reporter ist für vierzehn Uhr angekündigt.

Es ist halb zwei. Die Spannung, die alle spüren, ist zu groß für die kleine Wohnung. Heute war der erste Schultag der ältesten Tochter, es ist der 2. September 1960. Ihre Eltern haben sich eigens frei genommen, um diesen Tag zu einem Feiertag für ihr Kind zu machen, der ihm noch lange in Erinnerung bleiben möge. Die Schultasche hat die Großmutter gekauft. Sie gleicht ihrer eigenen, von langem Gebrauch schon ganz zerkratzten und weich gewordenen alten Aktentasche. Nur das Leder ist heller und härter, sie hat Schulterriemen und riecht ganz eigenartig. Dieser strenge Geruch wird fortan für Ernsthaftigkeit stehen, für Geheimnisse, für Teilhabe am Leben der Großen. Die kleine Schwester wurde in den Kindergarten gebracht, und den kurzen Weg zur Schule sind die Sechsjährige, die Eltern und die Großmutter gemeinsam gegangen. Die Erwachsenen warteten im Park gegenüber, bis nach einer halben Stunde die Erstklässlerin wieder herauskam. Es gab Schnitzel im Gasthaus und danach ein Eis im Stanitzel. Müde, satt und glücklich war das Kind, das niemandem gestattete, ihm die Schultasche abzunehmen, so stolz war es auf seine Last. Auf dem Rückweg holte man noch die Kleine ab und die Große fühlte sich so richtig groß. Und zu Hause dann das.

Alles dreht sich jetzt nur noch um diese alte, rundliche und sehr strenge Frau, die eines der drei Zimmer in der Gemeindewohnung bewohnt, das zu betreten den Kindern verboten ist. Sie trägt nur dunkle Kleider, und selbst drinnen hat sie immer eine Art halbe Strickhaube auf, die ihren Hinterkopf bedeckt, weil sie nichts mehr zu fürchten scheint als Zugluft. Um ihren Hals hängen zwei lange schwarze Samtbänder, das eine mit einem großen silbernen Kreuz, das andere mit einer Lupe. »Großmutti« sollen ihre Enkelinnen sie nennen, weil sie die Mutti vom Vati ist. Aber die Mädchen wagen ohnehin nicht sie anzusprechen und meiden ihre Nähe, weil es ihnen dort seltsam eng zumute wird. Beim Verabschieden lässt es sich nicht vermeiden, dass die alte Frau ihnen mit harter Daumenspitze ein Zeichen auf die Stirn schreibt. Die Kreuzform hält sich lange als kalte Spur auf der Haut.

Der Reporter ist pünktlich, und er bringt einen Fotografen mit. Die beiden kleinen Mädchen sollen mit aufs Foto, bestimmen die Zeitungsleute. Und so dürfen sie heute zum ersten Mal das Zimmer der alten Frau betreten. Es riecht wie in der Papierhandlung, in der man vor einigen Tagen die Pelikan-Füllfeder für die Erstklässlerin erstanden hat. Dunkel ist es hier. Und still. Ob das von den vielen Büchern kommt, die zwei Wände fast ganz bedecken und nur etwas Raum für die Bettstatt frei lassen, eine niedrige, schmale Couch mit vier oder noch mehr aufgetürmten Pölstern? Auf einem langen Regalbord darüber stehen ein Wecker und einige Fotografien. Eine Aufnahme ist den Mädchen vertraut, sie hängt, vergrößert und gerahmt, auch im Wohnzimmer. Ein Bub, das Gesicht voller Sommersprossen. »Das ist euer Onkel Slavko, der ist verschollen.« Die Mädchen wissen nicht, was verschollen bedeutet, und dass ein Kind ein Onkel sein kann, verstehen sie auch nicht.

Der Fotograf platziert die alte Frau in die Mitte der Couch, zu beiden Seiten die Mädchen. Die bekommen Pölster untergelegt, das wackelt und sie müssen kichern. Großmutti ermahnt sie mit einem strengen Blick. Während der Fotograf umständlich die Belichtung misst und sein Stativ ausrichtet, sieht sich die Sechsjährige das übrige Zimmer an und prägt es sich ein. Wer weiß, wann sie es wieder einmal zu sehen bekommt. Mitten im Raum stehen, mit den Längsseiten aneinandergeschoben, zwei kleine Schreibtische mit Rolltüren. Auf dem einen hockt die schwere schwarze Schreibmaschine, deren gedämpftes Geräusch bis ins Kinderzimmer zu hören ist und wohliges Einschlafen beschert – wenn die Erwachsenen wach sind und Geräusche machen, haben die Kinder keine Angst im Dunkeln. Der andere Tisch ist fast vollkommen bedeckt mit aufeinandergestapelten Mappen, Heften, einem hölzernen Karteikasten und Schreibutensilien. Neben dem Fenster steht ein schwarz glänzender Kleiderschrank mit einem ovalen Spiegel in einer der beiden Türen, an dessen Rändern das Licht regenbogenfarben spielt. Daneben bleibt gerade noch Platz für einen Fauteuil und eine komische Stehlampe, die aus einem niedrigen Tischchen herauswächst und deren Schirm an den modischen Plisseerock der Mutter erinnert.

»So, und jetzt beugen die Mädchen sich mit ihrer Stirn zum Kinn der Oma«, kommandiert der Fotograf. Die Schwestern sehen einander mit runden Augen an und unterdrücken ein Kichern. Oma! Na der kriegt gleich was zu hören. Aber sie sagt gar nichts, sondern lächelt freundlich in die Kamera.

Das Foto wird in der Wochenendausgabe abgedruckt. Die frisch Eingeschulte muss es sich noch vorlesen lassen: »Wenn Großmama studiert« steht groß über der Seite, und die Bildunterschrift lautet »Eva B., die älteste Maturantin Österreichs mit ihren kleinen Enkelinnen.« Der Artikel beginnt mit dem Absatz: »Seit ihrer frühesten Jugend hat diese Frau davon geträumt, eines Tages Jus studieren zu dürfen. Nach einem Leben voller harter Schicksalsschläge erfüllt sich nun im hohen Alter ihr Wunsch. Der erste Schultag der Enkelin ist der Tag, an dem ihre Großmutter sich an der Universität eingeschrieben hat.«

10

Der Krieg kann Stefan Benes im Herbst 1916 nicht mehr gebrauchen und er wird von der italienischen Front heimgeschickt. Sein Körper ist unversehrt, aber eine unheimliche Art von Krankheit hat den Mann im Griff. Er spricht nicht über Erlebtes, aber seiner Frau Franziska und den drei Kindern ist klar, dass es schrecklich gewesen sein muss dort draußen im Feld, im Schnee, im Schlamm, im Gas. Das Schlimmste für Genofeva ist der Verlust seines Humors. Früher hat er gerne Späße gemacht, ist auf harmlose Weise über andere hergezogen und hat dabei sich selbst nie verschont. Sein Alltag, ja das ganze Dasein war ihm dadurch leicht. Er lauerte geradezu auf eine Gelegenheit, um eine schlagfertige Bemerkung zu machen oder eine passende Anekdote anzubringen. Damit ist es nun vorbei. Stefan meistert sein Leben, er arbeitet (verbissen), er schläft (unruhig), er isst (stumm), er spricht (das Notwendige). Seine Kinder beginnen ihm auszuweichen.

Inzwischen ist seine Erstgeborene berufstätig, und sie ist die Bestverdienende der Familie. Der Maler- und Anstreicherbetrieb geht schlecht. Wer lässt schon ausmalen im Krieg? Stefan verlegt sich aufs Schildermalen. Erst in Friedenszeiten werden die Leute wieder nach dem Anstreicher rufen.

Mit dem Krieg ist auch das Kaiserreich am Ende. Stefans und Franziskas Heimat liegt jetzt im Ausland. In der neuen Ordnung verlieren manche die Orientierung. Die Eltern beginnen über eine Rückkehr nach Mähren nachzudenken, später, wenn der Betrieb einmal an Otto übergeben sein wird. Für ihre Kinder hingegen hält diese neue Welt Spannendes bereit. Genofeva besucht mit ihren Brüdern die Freizeit- und Bildungseinrichtungen der Sozialdemokratischen Partei. Otto, der gerade seine Lehre bei einem Malermeister im Nachbarbezirk Ottakring macht, schreibt sich in die neu gegründete Lehrlingsbibliothek ein, und die Geschwister gehen in die ebenfalls neu eröffneten Freilesehallen, in denen sie Bücher entlehnen, aber auch Vorträge hören und an Kursen teilnehmen können. Frantisek, der Jüngste, der noch die Bürgerschule besucht, hat bei einem dieser Kurse seine Liebe zur Fotografie entdeckt. Er möchte sie unbedingt zu seinem Beruf machen und vereinbart selbständig mit dem Fotografen, von dem sich die Familie zu besonderen Anlässen ablichten lässt, dass er seine Lehre bei ihm machen wird.

Allmählich scheint alles wieder ins Lot zu kommen bei der Familie Benes. Man hat keine gefallenen Männer zu beklagen, und Stefans Traurigkeit muss ja auch irgendwann einmal wieder vergehen. Man hat jetzt eine Republik. Die Partei, von der sich die Arbeiterklasse vertreten fühlt, erlebt eine Aufbruchstimmung, sie redet mit bei den Entscheidungen, die die Menschen betreffen. Von den Besserverdienenden werden Steuern eingehoben, um damit anständige Wohnungen zu bauen. Die Benes-Kinder sind gesund und pfiffig, es herrscht keine Armut, wenn auch noch kein besonderer Wohlstand. Da kommen die erste Liebe und der erste Verlust zugleich in Genofevas Leben.

Der fesche Slavoljub arbeitet an der bosnischen Vertretung in Wien. Er ist zwanzig Jahre alt und »ein Bild von einem Mann«, wie aus einem Mädchenroman: dichtes braunes Haar, eine volltönende Stimme und dunkle Augen. Er stammt aus bürgerlichem Haus, und sein Vater hatte es bewirken können, den jungen Wehrpflichtigen von der Front fernzuhalten, indem er ihm eine Stelle im diplomatischen Dienst verschaffte. Er ist als Fahrer des Botschafters angestellt. Seine Freizeit verbringt er gern in den zahlreichen Tanzcafés, die jetzt überall in Wien aufsperren, die Menschen sehnen sich nach Ablenkung und Vergessen, nach Normalität und etwas Leichtsinn. Genofeva ist mit einer Freundin mitgegangen – niemals würde sie alleine einen solchen Ort aufsuchen. Sie ist schüchtern, besonders im Umgang mit jungen Männern, obwohl sie mit zwei Brüdern aufgewachsen ist. Sie will ein »anständiges« Mädchen sein und sehnt sich doch nach der Nähe zu einem Mann. Sie hat nicht gelernt, wie das zusammenzubringen ist.

Slavoljub macht es ihr leicht. Mit seinen guten Umgangsformen, seiner Höflichkeit, mit seiner Stellung scheint er einfach der Richtige zu sein. In seiner Gegenwart fühlt Genofeva sich nicht befangen. Sie genießt die Berührungen und die Küsse, die Tanzabende, die Spaziergänge, die Blicke der Passanten auf den schlanken Mann an ihrer Seite, dem seine Chauffeursuniform umwerfend gut steht und der seinerseits nur Augen für sie zu haben scheint. Sie ist zum ersten Mal verliebt. Es ist Mai, der Kirschbaum hinter dem Fuhrwerkerhaus blüht, als sie den jungen Mann ihren Eltern vorstellt. Die heißen die Partie gut, und Slavoljub und Genofeva geben einander das Eheversprechen. Im Juli trägt der Baum dunkelrote Früchte und Genofeva ist schwanger. Rasch wird die für Herbst geplante Hochzeit in den August vorverlegt. Frantisek klettert zum Kirschenpflücken auf den Baum, rutscht ab und fällt. Nicht tief, aber er schlägt mit dem Kopf auf ein Mäuerchen und bricht sich das Genick. Er ist auf der Stelle tot.

Für Genofeva bleibt die Zeit stehen und alle Lust ist weg: am Leben, an der Liebe, am Heiraten, am Kinderkriegen. Gegen den Rat ihrer Eltern und ihres Bräutigams geht sie weiter jeden Morgen zur Arbeit, und wenn sie nach Hause kommt, legt sie sich sofort schlafen. Für alles andere fehlt ihr die Kraft. Die Hochzeit wird wieder in den Herbst zurückverlegt, wie ursprünglich geplant. Geheiratet muss werden, auf nachdrücklichen Wunsch ihrer und auch Slavoljubs Eltern, die aus dem fernen Bileća anreisen. Danach wird Genofeva ihre Schwiegereltern nie wieder sehen. Sie ist im sechsten Schwangerschaftsmonat, und jetzt gibt sie auch die Arbeit auf. Formal muss Genofeva zum muslimischen Glauben übertreten. Die Eheschließung ist ein stiller Vorgang im Familienkreis. Die Braut bleibt gefasst, manchmal lächelt sie. Als der Fotograf im Fotostudio das Paar platziert, den Schleier zurechtgezupft, den Kopf des Bräutigams leicht an den ihren gelehnt hat, als er an sein Stativ getreten und im Begriff ist, das Foto zu schießen, laufen der jungen Frau Tränen übers Gesicht. Es muss viel retuschiert werden.

Im Februar 1921 wird das Kind geboren. Es ist ein Sohn und erhält den Vornamen seines Vaters. Die Eheleute haben sich da schon nicht mehr viel zu sagen. Ein dummer, aber hartnäckiger Verdacht hat sich bei Genofeva eingenistet, und sie kann ihn – entgegen aller Vernunft – nicht mehr loswerden: Der Preis für ihr Glück mit diesem Mann sei der Tod des kleinen Bruders gewesen. Das Söhnchen wiederum könnte der Versuch des Schicksals sein, ihr über diesen schrecklichen Verlust hinwegzuhelfen.

Das neuvermählte Paar lebt unweit von Genofevas Eltern in einer kleinen Wohnung, die Slavoljub angemietet hat. Die

Tage verbringt die junge Mutter mit ihrem Säugling meistens im Haus der Eltern. Sie hofft, dass – wenn diese lähmende Trauer, die sie immer noch im Griff hat, einmal nachlassen wird – sie und Slavoljub sich wieder annähern und eines Tages ein zufriedenes Familienleben führen werden. Bald wird ihr Wunsch, wieder zu arbeiten, immer stärker, und sie glaubt, dass es ihr helfen könnte auf dem Weg in eine Normalität. Doch ihr Mann ist dagegen. Sie habe ein Kind zu versorgen, den Haushalt zu führen, und sein eigener Ruf werde leiden, wenn die Frau arbeiten geht. Sie fragt ihre Mutter, ob sie den Kleinen tagsüber nehmen könne, sie würde es ihr großzügig von ihrem Lohn vergüten. Franziska sagt nein; später wird Genofeva erfahren, dass ihr Schwiegersohn es ihr verboten hatte. Ein paar Monate lang findet Genofeva sich in das Unvermeidliche. Doch eines Abends erklärt sie ihrem Mann: »Wenn ich nicht berufstätig sein kann, bring ich mich noch um.«

»Tu doch, was du willst.«

Genofeva packt einen Koffer und fährt mit dem fast einjährigen Slavko, wie ihr Sohn zärtlich gerufen wird, nach Buchlovice zur geliebten Großmutter Babinka Fanka, Stefans unverheirateter Mutter. Die dicke Frau schließt das Kind in die Arme, bedeckt sein Gesichtchen mit Küssen und lässt es nicht mehr los. Genofeva weint beim Abschied.

Zurück in Wien fragt sie bei ihrer früheren Dienststelle an. Eine Rückkehr sei möglich, man sähe sie sehr gerne wieder im Amt, man sei immer zufrieden gewesen, sie sei eine gute Kraft, und ob sie denn die schriftliche Zustimmung ihres Gatten bereits eingeholt habe? Es gibt viel Streit mit Slavoljub, und erst als Genofeva droht, ihn zu verlassen, leistet er widerwillig die Unterschrift. Die Ehe ist trotzdem am Ende. Genofeva kann sich eine Zukunft an der Seite dieses Mannes nicht vorstellen. Und auch er hat sich wohl eine andere Ehegattin an seiner Seite erträumt und keine, der die Rolle als Mutter und Hausfrau so wenig zu liegen scheint.

Es kommt der Tag, an dem man sich einig wird und von Amts wegen die »Trennung von Tisch und Bett« erklärt. Erst nach drei Jahren des getrennt Lebens wird die endgültige Scheidung gesetzlich vollzogen werden können.

1924, nach Ablauf dieser drei Jahre, hat Genofeva einen neuen Gefährten an ihrer Seite, und sie ist mit ihrem zweiten Kind schwanger.

***

Genofevas neue Liebe heißt Karl. Stolz leben sie ihre wilde Ehe – in jenen Jahren des Roten Wien ist so etwas ja geradezu chic. Genofevas Trennung von Tisch und Bett dauert jetzt bereits drei Jahre, Slavoljub ist in seine Heimatstadt Bileća zurückgekehrt, und demnächst wird sie sich die Scheidungsurkunde beim Magistrat abholen können. Karl muss noch ein paar Monate länger auf seine Scheidung warten, dann ist auch er ein freier Mann. Das Paar denkt nicht ans Heiraten. Es gehört zu ihrem neuen Verständnis, einander diese Art der Freiheit zu lassen. Beide sind überzeugt davon, jetzt den richtigen Partner gefunden zu haben. Man hat die gleichen Ansichten, die gleichen Ziele, den gleichen Geschmack. Ihre ersten Ehen sind aufgrund der Schwangerschaften geschlossen worden. Auch Karl hat bereits eine kleine Tochter, die bei der Mutter geblieben ist. Genofevas Sohn Slavko lebt immer noch im tschechischen Buchlovice, aber seine Übersiedlung nach Wien ist geplant, sobald das zweite Kind geboren sein wird. Die Babinka ist alt, und Slavko spricht kein Wort

Deutsch. Karl ist bereit, ihn als eigenes Kind anzunehmen. Das Paar hat jeden Sommer mehrere Wochen in Buchlovice verbracht, und der kleine rothaarige Kerl mit der großen Ähnlichkeit zu seiner Genofeva hat es ihm angetan.

Noch einen weiteren Akt der Befreiung vollbringen die beiden. Nach ihrer Scheidung von einem Moslem tritt Genofeva nicht wieder zum katholischen Glauben über, sie bleibt konfessionslos. Karl lässt sich ein Jahr länger Zeit, dann erklärt auch er den Austritt aus seiner Religion, dem Judentum. Während die Art ihres Zusammenlebens von den Familien noch einigermaßen toleriert wird, erfordert die offensive Abwendung vom tradierten Glauben sehr viel mehr Mut. Karls Familie übt großen Druck auf ihn aus. Zwar befolgen auch die Eltern und Geschwister längst nicht mehr all die Vorschriften und Rituale, gehen nur noch zu den drei großen Feiertagen in die Synagoge, halten sich nicht an die Speisengebote – aber diesen radikalen Schritt des jüngsten Sohnes kann und will man nicht gutheißen. Lange schlägt Genofeva aus Karls Familie Ablehnung entgegen, als machte man sie allein für die religiöse Abkehr des Sohnes verantwortlich, die als Abkehr von der Familie empfunden wird.

»Karl, der Kleine« wird im Juli 1924 geboren. Genofevas Scheidung verzögert sich wegen der langwierigen Dienstwege zwischen Sarajevo und Wien, und so erhält das Kind den immer noch gültigen bosnischen Ehenamen Arnautović. Sein leiblicher Vater »Karl, der Große« fungiert als Geburtszeuge. Genofeva nimmt ihren ganzen Mut zusammen und bittet dessen Vater Ignaz, den zweiten Zeugen zu machen. Der springt über seinen Schatten und bezeugt die Geburt seines Enkels in der Landesgebäranstalt im neunten Bezirk mit seiner Unterschrift.

Die Geburtsurkunde liest sich wie ein politisches Bekenntnis. In der Spalte »Vornamen des Kindes« steht in schönster Kanzleischrift: »Karl Ferdinand Lassalle«, nach einem der Gründerväter der Sozialdemokratischen Partei Deutschlands.

Den restlichen Sommer verbringt die Familie mit dem Neugeborenen in Buchlovice, und Mitte August kehrt man zu viert in die Wohnung im Wiener Arbeiterbezirk Favoriten zurück, die das Paar seit zwei Jahren bewohnt. Im September wird Slavko in einen tschechischen Kindergarten geschickt, damit er seine Muttersprache nicht verlernt. Später wird auch sein kleiner Bruder diesen Kindergarten besuchen. Beide Kinder werden an der fortschrittlichsten Volksschule, der Montessori-Schule eingeschrieben.

Ein gemeinsames Jahrzehnt ist diesen vier Menschen vergönnt. Die Eltern sind berufstätig, doch bleibt ihnen Zeit und Kraft für Freizeitbeschäftigungen aller Art. Es wird ihnen leicht gemacht, sich zu vergnügen oder zu bilden. Das Rote Wien bietet so einiges. Spiel- und Sportstätten, Frei- und Hallenbäder, Theateraufführungen, Konzerte, Tanzveranstaltungen, Volkshochschulen mit politischen Vorträgen und Debatten, Filmvorführungen und Kursen für jegliches Interesse. Für die Kinder werden Faschingsbälle organisiert, Ausflüge mit den Roten Falken, Schwimmkurse in Kinderfreibädern, Schachturniere, Fußballtraining und vieles mehr – und fast alles ist gratis.

Die politisch informierten Eltern wissen um die Gefahren, die all diese Errungenschaften bedrohen könnten. Man weiß, wie es um Deutschland bestellt ist, welche Kräfte dort schon an die Macht drängen. Und man hört sehr genau hin auf jene leisen Töne, die auch in Österreich immer lauter werden. Man will gewappnet sein. Man will nicht zusehen müssen, wie der Arbeiterschaft alles wieder weggenommen wird. Zwar möchte man am liebsten Pazifist sein, ist aber realistisch genug, um zu wissen, dass man sich bewaffnen muss, um dem Gegner gewachsen zu sein. Genofeva und Karl treten dem Republikanischen Schutzbund bei. Als ihre vordringlichste Aufgabe sieht die paramilitärische Vereinigung den Schutz der jungen Republik, ihres demokratischen Parlaments und die Verteidigung der Arbeiterschaft gegen die monarchistischen und faschistischen Kräfte. Ihre Gegenspieler sind die christlichsozialen, kaisertreuen Heimwehren, großzügig finanziell unterstützt von der Industrie, von den Unternehmerverbänden, Banken und Großgrundbesitzern, moralisch getragen von der Katholischen Kirche. 1933 werden unter Kanzler Dollfuß der Parlamentarismus abgeschafft und der Republikanische Schutzbund verboten, während gleichzeitig die Heimwehren Geld und Waffen vom Staat erhalten. Trotz dieser Ungleichheit der Kräfte lässt sich der Schutzbund von der Aussage des Ministers für Sicherheit Emil Fey, der zugleich Heimwehrführer ist, provozieren, und man entschließt sich, nachdem man lange – zu lange? – gezögert hat, endlich zum Widerstand. Fey ruft am 11. Februar 1934 bei einer Veranstaltung vom Rednerpult: »Wir werden morgen an die Arbeit gehen, und wir werden ganze Arbeit leisten!« Seine Anhänger jubeln ihm begeistert zu. Am Tag darauf ruft der Republikanische Schutzbund als Reaktion auf die Durchsuchung eines SP-Parteilokals zum Generalstreik und zum Kampf auf.

11

Der Februar hat schon wieder gelogen. Gleich in den ersten Tagen dieses trügerische Tauwetter mit seinem Versprechen von Frühling und Wärme. Und jetzt ist über Nacht die Kälte zurückgekehrt. Der Abend des Rosenmontags legt dünnen Schnee auf zerschossene Wohnhäuser. Bei manchem Nachtmahl fehlt jemand. Es ist der 12. Februar 1934.

Die Buben sind allein in der Wohnung. Draußen dunkelt es, und den beiden wird bang ums Herz, die Eltern sind immer noch nicht nach Hause gekommen. Dabei war doch ausgemacht, dass die Mutter sie heute zum Maskenfest der »Kinderfreunde« begleitet. Der neunjährige Karli freut sich seit Wochen darauf. Er ist bitter enttäuscht und wütend auf die Mutter, die ihr Versprechen nicht hält, wo sie die seinen doch immer bedingungslos einfordert. »Es wird einen wichtigen Grund geben, sie werden aufgehalten worden sein«, mahnt Slavko, der in wenigen Tagen seinen dreizehnten Geburtstag feiern wird, den kleinen Bruder zu Geduld. Er hat längst verstanden, dass etwas Ungewöhnliches vor sich geht. In der Früh sind die Straßenbahnen nicht gefahren. Man hat die Kinder vorzeitig von der Schule nach Hause geschickt. Im Hort blieb nur, wer keinen Wohnungsschlüssel bei sich trug. Die Leiterin schärfte Slavko ein, sofort und ohne Umweg seinen kleinen Bruder nach Hause zu bringen, dort zu bleiben und keinesfalls mehr auf die Straße zu gehen, bis die Eltern da wären. Der morgige Dienstag war für schulfrei erklärt worden. Auffallend viel Polizei ist zu sehen gewesen. Auch jetzt jaulen immer wieder die Sirenen von der Anker-Brotfabrik herüber.

»Sie werden gleich da sein.« Um den Bruder zu beschäftigen, schlägt Slavko vor, sich schon einmal zu verkleiden. Viele Abende lang ist die Mutter an den Kostümen gesessen, sie hat genauso viel Sorgfalt in diese Arbeit gelegt wie in die »richtigen« Näharbeiten. »Eine Arbeiterfamilie kann sich nur gute Qualität leisten.«

Slavko geht als Matrose, Karli als Pirat. Der Große befeuchtet die Mine eines Bleistifts mit Spucke und malt dem Kleinen einen geschwungenen Schnauzer ins Gesicht. Dann bereitet er Zitronenlimonade zu, mit einem Extralöffel Zucker. Sie stoßen mit ihren Gläsern an, wie Erwachsene es tun. Slavko dreht am Schalter, aber das Licht geht nicht an. Man könnte eine Kerze anzünden, aber mit Feuer zu hantieren ist ihnen streng verboten. Er schickt Karli, einen großen Polster aus dem Bett der Eltern zu holen und zieht zwei Sessel ans Fenster. Die Buben in ihrer Kostümierung knien, die Ellenbogen auf den Polster gestützt, und schauen auf die immer dunkler werdende Straße. Schräg gegenüber liegt ein Friedhof, dort flackern winzige Lichter und bieten ihren Blicken ein Ziel. Karli quengelt. Slavko beginnt Geschichten zu erzählen. Davon hat er einen reichen Vorrat. Die Babinka Fanka in Mähren kennt Sagen und Legenden und allerhand lustige und gruselige Ereignisse. In jedem Sommer füllt der Bub seinen Fundus mit neuen Geschichten auf. Alle in der Familie wundern sich über sein gutes Gedächtnis, das sich so viele Worte merken kann, jedoch leider keine Zahlen oder Formeln.

Wenn eine Geschichte zu Ende ist, beginnt Karli von Neuem zu wimmern. Seine Piratenaugenklappe ist nass und rotzig geworden, er schleudert sie sich vom Kopf. Später sind Wut und Enttäuschung weggeweint, der Schnurrbart verschmiert, die Augen fallen zu, der Kopf sinkt auf den Polster. Slavko trägt, vor Anstrengung ächzend, den schlafenden Bruder zum Diwan und deckt ihn zu. Auf dem Rückweg zum Fenster hebt er die Augenklappe vom Boden auf und windet sich den Gummi so straff um einen Finger, bis der ganz kalt und taub wird. Dann lockert er die Fesselung und erfreut sich am kribbelnden Schmerz, an der »Auferstehung des Toten«, wie sie unter Schulkameraden dieses Spiel nennen. Eine Weile noch stiert er ins Narrenkastl, in das immer schwerer drückende Schwarz vor dem Fenster. Ein bisher unbekanntes, durch alle Adern summendes Zittern erfasst ihn. Noch nie hat er sich so allein gefühlt, nicht einmal in den ersten Nächten im Haus der Babinka, wohin er in den Ferien geschickt wird und wo ihn jedes Mal die nicht zu bändigende Angst erfasst, er würde seine Mutter womöglich nie wiedersehen. Er zieht sich sein Matrosenkostüm aus und schlüpft zu Karli unter die Decke.

Einschlafen kann er nicht, das Zittern hält noch lange an. Er kann es sich nicht erklären, warum er jetzt denkt: Diesen Moment muss ich mir gut merken.

12

Die Lokomotive ist mit Girlanden aus Tannengrün und roten Nelken geschmückt. An den Fenstern der vier Waggons flattern Fähnchen. Am 7. August 1934 steht der Sonderzug mehrere Stunden lang an einem Gleis in Prag bereit. Man wartet noch auf Passagiere, die aus der Provinz anreisen. Viel Bewegung und große Aufregung herrschen auf dem Bahnsteig. Lachen, Rufen, tränen- oder wortreiches Abschiednehmen. Je nach Temperament kriegt der eine kein Wort aus dem zugeschnürten Hals, die andere hält das aufsteigende Schluchzen mit ununterbrochenem Plappern im Zaum. Da geht es den Großen nicht anders als den Kleinen. Etwa fünfzig Kinder besteigen schließlich den Zug, und ein paar erwachsene Begleitpersonen. Zwei Musikanten stehen mit Geige und Akkordeon neben der Lok und stimmen immer wieder eine bekannte Melodie an. Manche der älteren Kinder kennen die Texte und singen mit: »Brüder zur Sonne, zur Freiheit«, »Wir sind die Arbeiter von Wien«, die »Internationale«. Es geht nach Moskau, in die Hauptstadt der ruhmreichen Sowjetunion, ins Land der Arbeiter und Bauern, das gelobte Land, das den Kommunismus aufbaut. Ein Land, das – wie sonst fast keines – bereit ist, verfolgte Genossen oder deren Angehörige aufzunehmen. Es stört nicht, wenn sich diese Bereitschaft auch gut für Propagandazwecke eignet.

Der dreizehnjährige Slavko und sein kleiner Bruder Karli, der vor wenigen Tagen seinen zehnten Geburtstag gefeiert hat, werden von ihrem Vater zum Zug gebracht. Sie haben zwei Tage in Prag verbracht, dieser aufregend großen Stadt. Geschlafen hat man bei befreundeten Genossen. Und jetzt soll es in eine noch viel größere, noch viel prächtigere Stadt gehen. Ein bisschen Enttäuschung stellt sich ein, weil die Mutter nicht zum Bahnhof gekommen ist. Karl der Große, wie Eva ihn scherzhaft nennt, um ihre beiden Karls auseinanderzuhalten, weiß, dass man sie schon wieder, ein drittes Mal verhaftet hat. Den Buben sagt er das natürlich nicht, denkt sich eine Geschichte aus und lenkt die Gedanken aufs Wiedersehen. Die Kinder würden einen wunderbaren Sommer verbringen und zu Schulbeginn im Herbst wieder da sein. Spätestens da würden sie die Mutter wiedersehen, und bis dahin sollten sie fröhlich sein, gut essen, sich eine gesunde Hautfarbe holen, fleißig Briefe schreiben – und den Eltern keine Schande machen. Als Karl die beiden zum Abschied umarmt, glaubt er selbst ganz fest an seine Geschichte.

Die Fahrt wird zum Erlebnis, das die heimwehkranken Kinder ihren Kummer immer wieder vergessen lässt. Der Bahnhof von Mährisch Ostrau ist voller winkender, Fähnchen schwenkender Menschen, die »Hurra!« rufen. Man sieht Umarmungen, die sich nicht lösen wollen, tränennasse, gerötete oder sehr bleiche Gesichter. Etwa siebzig weitere Kinder steigen hier zu. Ein lauter Pfiff, und der Zug verlässt den Bahnhof in Richtung polnische Grenze.

Offiziell darf der Zug keine Grenze überqueren, diese Reisenden führen ja keine Dokumente mit sich. Die Kinder werden sich lange an ein Abenteuer erinnern: Auf polnischer Seite werden die fünf Waggons abgekoppelt, und einer nach dem anderen wird von einer Lok »geschubst«. Die Lok bleibt in Polen zurück, während der Waggon – wie von Geisterhand gezogen – auf das Territorium der Sowjetunion rollt. Dort wird er von ölverschmierten Männern eingefangen und in eine Remise gebracht, wo schon die nächste Attraktion wartet. Jeder Wagen wird hydraulisch hochgehoben, das Fahrgestell bleibt auf den Schienen und wird vorne weggezogen, während von hinten ein anderes daruntergleitet. Der Waggon voller staunender Kinder senkt sich ganz langsam wieder herunter und wird mit den neuen Rädern verbunden. In der Sowjetunion ist die Spur breiter als in den Nachbarländern. Die Waggons werden wieder aneinandergekoppelt und eine sowjetische Lok – ebenfalls geschmückt – zieht die Garnitur in den Grenzbahnhof Njegoreloje.

Dort ist der Empfang noch eindrucksvoller. Die »Heldenkinder« werden von einer Delegation aus Moskau erwartet, die ihnen entgegengefahren ist und jetzt zusteigt. Eine steirische Köchin ist dabei, eine Kinderärztin aus Wien, eine russische Krankenschwester, die ausgezeichnet Deutsch spricht, und freundliche Männer und Frauen, die Österreich und Deutschland aus politischen Gründen verlassen haben. Der deutsche Kommunist Fritz Beyes lebt seit drei Jahren im sowjetischen Exil und wurde zum pädagogischen Leiter für die »Schutzbundkinder« bestimmt. Im Bahnhofsrestaurant, das für die Ehrengäste geräumt wurde, hält er eine Ansprache. Man habe sich vorgenommen, die Kinder der tapferen Genossen zu verwöhnen, ihre Talente zu fördern, für Gesundheit und Wohlergehen zu sorgen, es ihnen an nichts fehlen zu lassen. – »So machen wir das im Sozialismus!« Das alles für gerade mal einen Sommer, denkt Slavko. Er ist zugleich voller Freude und etwas misstrauisch.

Oft hält der Zug außer Plan in Ortschaften an, weil dort eine Musikkapelle spielt und Menschen versammelt stehen, die es sich nicht nehmen lassen wollen, Blumen, Obst und

Süßigkeiten durch die Fenster zu reichen. Die Abteile füllen sich mit welkenden Blumen und Bergen von Schokolade. Die jungen Reisenden sind ganz erschöpft von diesen Sympathiebekundungen, und so folgen sie gerne dem Vorschlag einer Betreuerin, die Gaben ihrerseits an die singenden Kinder auf dem nächsten Bahnsteig zu verteilen. Solidarität nennt man das, erteilt sie ihnen als erste Lektion, der Kommunismus lehrt das Teilen, ganz im Gegensatz zum gierigen Raffen im Kapitalismus. Und das Teilen fällt so leicht! Haben doch die meisten schon Bauchweh von dem vielen Obst und Zuckerzeug.

Bei der Einfahrt des Sonderzugs auf dem Weißrussischen Bahnhof in Moskau bietet sich ein ähnliches Bild, nur die Dimension ist größer. Die Kinder sind erschöpft, zu viele Eindrücke in den zwei Tagen ihrer Reise sind zu verdauen. Karli kann sich später gar nicht mehr richtig an diese Ankunft erinnern. Bahnhöfe, Musik, Fahnen, Blumen, lachende Menschen, all das vermischt sich zu einem gewaltigen, beglückenden, unwirklichen Getöse. Slavko kann diesen Trubel besser auskosten. Weil so oft zu hören war »Ein Hoch auf die Kinder der Helden!«, fühlt er sich schon selbst wie ein Held und nimmt all die Aufmerksamkeiten huldvoll entgegen. Wenn er nur nicht so entsetzlich müde wäre.

Mit dem Autobus geht es in ein Hotel im Zentrum. Die Kinder aus Wiener Mietskasernen, Gemeindewohnungen oder ländlichen Arbeitersiedlungen residieren wie Prinzen und Prinzessinnen. Und dann kündigt Fritz Beyes auch noch eine Reise in ein Pionierlager auf der Krim an. Keines der Kinder ist jemals am Meer gewesen. Schon in wenigen Tagen soll es losgehen. »Jetzt ruht euch ordentlich aus. Morgen werdet ihr eingekleidet, und dann genießt erst einmal eure Ferien.«

Für Heimweh bleibt kaum Zeit. Die wenigen Tage bis zur

Fahrt nach Jalta sind dicht gefüllt. Alle Kinder werden ärztlich untersucht, komplett eingekleidet, und jedes bekommt einen Haarschnitt verpasst. Die zweisprachige Zahnärztin aus Lemberg, die in der Poliklinik gleich neben dem Hotel arbeitet, hat viel zu tun. Kaum eines der Kinder war bisher je bei einem Zahnarzt. Sie werden in Betriebe geführt, auf die man stolz ist, zur Besichtigung – und zum Besichtigtwerden. Der Gorki-Park mit seinen Attraktionen ist ein Programmpunkt, der Zoo, etliche Museen, das Jugendstadion, der Flughafen, eine Schokoladenfabrik. Die meisten sind froh, als es am 14. August endlich in Richtung Krim geht, ausgestattet mit allem, was man braucht, und in Begleitung von dreißig Erwachsenen, die sich um das Wohl der Schützlinge kümmern werden. Viel später erst wird Karli mit Verwunderung erfahren, dass genau in jener Zeit die Versorgung Moskaus mit Lebensmitteln, Kleidern und Dingen des täglichen Bedarfs sehr schwierig war und großer Mangel herrschte. Waren wurden rationiert und waren nur gegen Karten einzutauschen, wenn es denn überhaupt eine Lieferung gab. Wasser gab es nur wenige Stunden am Tag, ebenso wie im Winter die Heizung. Man schafft es, all das vor den Kindern zu verbergen. Das kann nur gelingen, indem man sie vom »echten« sowjetischen Leben fern hält.

Den Brief, den die Kinder in den ersten Moskauer Tagen nach Wien schicken, wird Genofeva erst Monate später zu lesen bekommen, als sie – an Körper und Seele verwundet – aus dem Gefängnis entlassen wird.

Moskau, Kinderheim Nr. 6, 10. August 1934
Liebe Eltern!
Heute schicken wir euch ein Foto von einem Museum am Roten Platz, das war früher eine Kirche vom Iwan dem Schrecklichen.

Gestern war bei uns ein großes Fest. Wir sahen eine Künstlerin, die mit einer Hand 15 Glocken spielte, sie spielte das Rotarmistenlied. Wir sahen auch Hunde, die nicht mit Prügel dressiert werden, sondern im Guten. Sie liefen auf zwei Füßen. Und zwei Hunde wurden als Tänzer angezogen und tanzten. Wir bekamen auch Essen, das wir in Österreich nie gegessen haben.

Die Kleinkinder bekamen schönes Spielzeug und wir Briefpapier. Wir hatten es sehr gut. Wir haben jetzt frei zum Ausrasten. Dann fahren wir ans Meer.

Viele Grüße von Euren Söhnen
Slavko und Karli

Der Aufenthalt am Meer wird immer wieder verlängert, weil die aufwendigen Renovierungsarbeiten am Haus, in dem die Kinder leben werden, noch nicht abgeschlossen sind. In Jalta wird ein provisorischer Schulunterricht abgehalten, die Lehrer sind ja alle mitgefahren. Das prächtige, ehemalige Palais eines Fabrikanten mitten im Zentrum Moskaus wurde dafür bestimmt, das »Kinderheim Nr. 6 für Schutzbundkinder« zu werden.

Als Ende Oktober die Kinder braun gebrannt und – Mädchen wie Buben – mit einem Kurzhaarschnitt versehen und komplett neu für den Winter eingekleidet aus dem Süden kommen, ist ihr Heim fertig. Eine sowjetische Schule bekommen die Kindern nie zu sehen. Im ersten Jahr lernen sie gemeinsam mit angloamerikanischen Diplomatenkindern, und im Schuljahr darauf wird die deutschsprachige Karl-Liebknecht-Schule eröffnet. Zwischen Heim und Schule werden sie mit dem Autobus gefahren.

Das Kinderheim bietet neben seiner edlen Ausstattung – Holztäfelungen, Parkettböden, Ölbilder, Sanitärräume nach neuester Technik –, neben dem ausgesuchten Personal, der guten Küche und der medizinischen Betreuung eine Reihe von Freizeitangeboten. Bildende Kunst, Musikunterricht, Theater- und Literaturkurse, Modellbau, Fotografieren, Ballett, Handarbeit; Kino, Theatervorstellungen, Museen und Lesungen; Training und Wettkämpfe in Fußball, Schwimmen und Leichtathletik, Ski- und Eislauf. Wer möchte, kann das Klettern erlernen oder das Tennisspiel. Und jeden Sommer gibt es einen langen Ferienaufenthalt am Meer oder in den Bergen, während im Heim Reinigungs- und Reparaturarbeiten durchgeführt werden.

Slavko interessiert sich für Literatur und Fotografie. Karli lernt schwimmen und Mundharmonika spielen.

Die Erzieher sorgen dafür, dass die Kinder ausführliche Briefe über ihr gutes Leben schreiben. Genofevas Sehnsucht nach ihren Söhnen ist groß, aber was könnte sie ihnen in Wien denn bieten? Seit Karls Flucht ist sie ohne Existenzgrundlage, weil man sie sofort nach Bekanntwerden ihrer Situation fristlos entlassen hat. Wie soll sie die Kinder versorgen, die Schule bezahlen, welche Zukunft haben sie? Da ist es doch besser, sie bleiben erst einmal in ihrem schönen Heim. Für die Eltern gibt es nur noch den einen Weg: Sie werden versuchen – wie so viele Politemigranten vor ihnen – nach Moskau zu gelangen. Genofevas Briefe an die Söhne sind in erster Linie für die Augen der sowjetischen Zensoren und der österreichischen Genossen bestimmt.

Wien, 1935. An Karli A. aus Wien.
Mein liebster Karli!
Ich danke Dir für Deinen Brief und es freut mich sehr, dass es Dir so gut geht. Besonders freut mich, dass du zugenommen hast!

Leider ist unser Vati noch immer nicht in der Sowjetunion. Bitte schreibe Du an unsere Genossen in Moskau, welche die Einreise bewilligen, einen lieben schönen Brief und bitte Du für Deinen Vati, dass ihm die Einreise bewilligt wird.

Wenn Du und Slavko recht brav seid und die Genossen in einem schönen Brief bitten werdet, so werden sie unseren Vati sicher nach Moskau einladen. Dem Vater gehts nicht gut. Ich war vor drei Wochen bei ihm, da hatten sie nur e i n e Decke und noch keinen Ofen. Und ein sozialdemokratischer Führer war dort – extra aus Brünn –, der hat unseren Schutzbündlern gesagt, sie sollen ja nicht nach Russland gehen, das wäre Fahnenflucht!!! Aber unser Vater ist nicht mehr so dumm, er sieht jetzt, dass die sozialdemokratischen Führer ihn und das ganze österreichische Proletariat verraten haben. Deshalb sehnt er sich danach, am sozialistischen Aufbauwerk in Sowjetrussland mitarbeiten zu dürfen.

Aber denke nicht, dass wir Alten die ganze Welt ändern können! Das ist Deine, Eure Aufgabe! Ihr Kinder von heute werdet die Fahnenträger des Sozialismus, die Eroberer der Welt von morgen sein!

Viele Genossen lassen Euch herzlichst grüßen. Schreibe bald und viel! Ich denke oft an Dich und Slavko und freue mich, dass es Euch in jeder Weise gut geht. Mit vielen innigen Küssen und einem herzlichen Rot Front an Euch alle, bin ich

Deine Mutti

13

Im August 1934 ist Genofeva zum dritten Mal in Gefangen-
schaft.

Bei der ersten Verhaftung, wenige Tage nach Ausbruch der
Februarkämpfe, hat man sie eine Nacht und einen Tag lang
festgehalten. Ihrem Mann wäre das Standgericht sicher gewesen, aber Karl war die Flucht geglückt, Genofeva selbst hat eine
kleine Gruppe Schutzbündler am Abend des 15. Februar bis
an die grüne Grenze begleitet. Wenige Hundert Meter hinter
dem kleinen Dorf Reinthal verläuft die tschechische Grenze,
und von dort sind es nicht einmal fünf Kilometer Fußmarsch
bis zur Bahnstation Breclav.

Bei ihrer Rückkehr nach Wien in den frühen Morgenstunden wird Genofeva bereits erwartet. Vor dem Hauseingang
stehen zwei Männer in Zivil, um sie in ein Polizeikommissa-
riat zu bringen. Ihre inständige Bitte, man möge sie nur kurz
zu ihren Kindern hinaufschauen lassen, die ganz allein in der
Wohnung seien, wird nicht erhört. Es folgt ein Verhör, das
sich über mehrere Stunden hinzieht, sie wird beschimpft, be-
droht und auch grob angefasst. Man lässt sie nicht eine Minute ausruhen, und das Bedürfnis, zur Toilette zu gehen, muss
sie so lange zurückhalten, bis sie zu wimmern beginnt und
fürchtet, sich auf dem Sessel sitzend entleeren zu müssen. Als
man sie schließlich zum Abort führt, ist es ihr vor Schmerzen
zuerst gar nicht möglich, Wasser zu lassen. Am quälendsten
aber ist die Angst um ihre Buben. Wo sind sie jetzt? Wer
kümmert sich um sie? Haben sie Angst? Im Morgengrauen

des nächsten Tages, es ist der 17. Februar, lässt man sie gehen. Sie hat durchgehalten. Ich bin nicht zur Verräterin geworden, denkt sie. Aber sie weiß jetzt auch, dass sie es hätte werden können: Ich bin nicht zur Heldin geboren – das ist die erschreckende Erkenntnis jener Nacht.

Das zweite Mal holen sie sie im Mai. Der Frühling hat Einzug gehalten in Wien. Ein langer, strenger Winter geht zu Ende. Die Menschen sind hungrig nach Licht und Wärme, genießen ihre kleinen Freuden und spüren doch, dass schwere Zeiten kommen. Das Rote Wien war mit dem blutigen Bürgerkriegsfebruar 1934 am Ende, und damit alle Hoffnung auf eine lichte Zukunft. In den ersten Tagen herrschte Vergeltung, ein großes Aufräumen mit dem sozialistischen und kommunistischen Gesindel, der Faschismus würde ein bereites Land, ein williges Volk vorfinden. Es wurde verfolgt, verhaftet, hingerichtet. Väter flohen und ließen ihre Familien mittellos zurück. Frauen wurden der Mitwisserschaft beschuldigt und drangsaliert. Angeblich kannten sie die Waffenlager der Aufständischen und die Verstecke der Untergetauchten.

Diesmal weiß Genofeva nicht, wohin man sie gebracht hat. In ihrer Zelle kann sie manchmal den Duft der blühenden Linden ausmachen, der gerade durch die ganze Stadt zieht und den sie so sehr liebt. Die Beschuldigungen lauten, sie hätte Mitgliedsbeiträge für die verbotene Sozialdemokratische und die illegale Kommunistische Partei gesammelt, und sie hätte Kinder gefallener oder verhafteter Schutzbündler aus den Bundesländern Steiermark und Oberösterreich in ihrer Wohnung versammelt und betreut, bevor sie diese heimlich über die grüne Grenze zu Pflegeeltern in die Tschechoslowakei geschafft hat. Auch diesmal geht sie nach vierundzwanzig Stunden frei, aber Genofeva weiß, dass man sie nicht in Ruhe lassen wird. Sie muss eine Entscheidung treffen, was mit den Kindern passieren soll. Als sich die nächste Gruppe in ihrer Wohnung in der Quellenstraße bereit macht, sind ihre eigenen Buben mit dabei. Es sieht aus wie ein harmloser Wochenendausflug aufs Land: Zwei Frauen und mehrere Kinder mit Rucksäcken und Wanderschuhen. Zuerst fährt man mit der Nordbahn, dann geht es weiter mit dem Bus und schließlich beginnt die Wanderung durch Wald und Feld. Anders als die meisten Kinder haben Genofevas Söhne einen nahen Verwandten in der Tschechoslowakei. Ihr Vater wird die Buben in Empfang nehmen. Das kleine Holzhaus, das Genofevas Eltern mithilfe der Nachbarn rasch auf ihrem Grundstück in Buchlovice bauen, wird bald fertig sein. Dort werden Karl und die beiden Kinder wohnen können, vorerst einmal.

Ende Juli fährt Genofeva selbst in die Tschechoslowakei. Dort verbringt die Familie noch ein paar gemeinsame Tage, ohne zu ahnen, dass es das letzte Mal sein wird. Genossinnen aus Prag haben ein Ferienlager für die Schutzbund-Kinder organisiert und deren Eltern dazu eingeladen, soweit die nicht im Gefängnis sitzen und sich die Fahrtkosten überhaupt leisten können. Im mittelböhmischen Sebes am Fluss Sázava treffen alle vier zusammen: Karl, Genofeva, Slavko und Karli übernachten in einem eigenen Zelt. Tagsüber wandert man in Gruppen durch die Hügellandschaft, abends sitzt man ums Lagerfeuer, musiziert, singt, und das Dasein fühlt sich gut an. Die Wärme des Sommers, die liebliche Natur, das Knistern und der Geruch der brennenden Holzscheite, das Glitzern der Sterne – wie sollte man da nicht voller Hoffnung sein, dass sich schon alles zum Guten fügen müsse. Was dort in Wien geschieht, wirkt fern und unwirklich. Man würde schon noch zur Vernunft kommen, bald würde sich alles als schrecklicher Irrtum erweisen. Womöglich schon im Herbst können Slavko und Karli wieder in ihre Schulen gehen. Wer weiß, eines Tages kann vielleicht auch Karl der Große wieder zurück aus dem Exil. Sollen ihre drei Männer noch eine Weile in der Tschechoslowakei bleiben. Noch ist es in Wien zu gefährlich. Und Genofevas Häscher haben so kein Druckmittel gegen sie.

Schon in der Nacht nach Genofevas Rückkehr aus dem Sommerlager, lange bevor ihr Wecker läutet, begehren drei Uniformierte und ein Herr im Anzug lautstark Einlass in die Wohnung. Zwei durchsuchen die Räume, während ein dritter durchs Haus geht und die verschlafenen und verschreckten Nachbarn ausfragt. Der in Zivil nimmt sich Genofeva vor. Wie viele Kinder sie illegal aus dem Land gebracht habe? Wo ihre eigenen Kinder seien? Wie viel an illegalen Mitgliedsbeiträgen sie gesammelt habe? Wo sie die letzten Tage verbracht habe? Mit diesen Fragen bestürmt er die Frau, die barfuß und im Nachthemd vor ihm steht und schweigt. Nach einer guten Stunde ziehen die Männer wieder ab. Zitternd und verstört legt sie sich wieder ins Bett. Die Sonne geht auf, ein heißer Tag. Genofeva will es nicht warm werden.

Der August dehnt sich, breitet sich über die Stadt, staubig und träge. Die Tage sind heiß, bunt und sehr einsam. Genofeva ist unsicher, was sie tun will und kann, wovor sie sich fürchtet, was richtig, was sinnlos ist. Im Umgang mit ihren KP-Genossen wird sie sehr zurückhaltend, übernimmt aber nach wie vor Aufgaben wie das Einsammeln von Spenden – man darf jetzt nicht mehr von Mitgliedsbeiträgen sprechen – für die Frauen und Kinder geflüchteter oder standrechtlich erschossener Schutzbündler.

Am 25. Juli, als sich die Familie gerade in Sebes aufhält, putschen die Nationalsozialisten in Wien. Sie planen seit Längerem die Machtergreifung in Österreich und sehen nach den Februar-Ereignissen ihre Stunde gekommen. In den Räumen des Turnerbunds in der Siebensterngasse, wo man sich körperlich ertüchtigt, liegen falsche Polizei- und Soldatenuniformen bereit. Die SS-Männer verkleiden sich, es werden Waffen verteilt, und die mehr als hundertfünfzig Mann starke Truppe marschiert los. Sie dringen ins Bundeskanzleramt ein und erschießen Bundeskanzler Engelbert Dollfuß. Der Putsch greift auf einige Bundesländer über, scheitert aber schließlich an internen Machtkämpfen in den nationalsozialistischen Organisationen. Kurze Zeit sieht es für Genofeva so aus, als würde sich das Blatt vielleicht doch noch wenden.

Mitten in dieser Zeit des Hoffens wird sie zum dritten Mal in Haft genommen. Diesmal wird sie in die »Liesl« gebracht, wie die Wiener das Polizeigefangenenhaus an der früheren Elisabethpromenade nennen. Und diesmal lässt man sie nicht so bald wieder gehen.

Es muss inzwischen Donnerstag sein, rechnet sie nach. Dienstagfrüh haben sie mich geholt, und zweimal ist das Licht für längere Zeit ausgeschaltet worden. Aber brennt es hier tagsüber oder nachts? Durch den schmalen, trüb verglasten Spalt im Gemäuer lässt sich keine Tageszeit ausmachen, kein Stück Himmel ist zu sehen. Die schwache Glühbirne in ihrem Drahtkäfig an der Decke leuchtet jetzt seit geschätzten drei Stunden, wenn Genofevas Sinne und ihr Zeitgefühl noch funktionieren.

Dass man sie nicht in Ruhe lassen würde, war abzusehen gewesen. Genofeva ist immer übervorsichtig gewesen, es ist kaum vorstellbar, dass man etwas gefunden hat, das gegen sie zu verwenden ist. Freilich, jemand könnte sie denunziert haben, aber auch da brauchen sie doch Beweise. Noch fühlt Genofeva sich stark. Sie weiß, dass sie etwas aushalten kann. Diesmal ist sie auch weniger angreifbar. Alle, die ihr nahestehen, sind im Ausland. In Sicherheit.

Das Kleid, das sie trägt, ist aus leichtem Stoff. Sie ist froh, noch rasch Strümpfe angezogen zu haben. Die Weste hat sie in der Aufregung vergessen. Von den Zellenwänden her strahlt es kalt. Genofeva hält sich in der Mitte. Bewegt sich. Vier Schritte. Wenden. Vier Schritte.

Die Tür wird aufgesperrt, heraustreten! Zwei nehmen sie in ihre Mitte. Ihre Uniformen riechen nach Metall und Zigaretten. Beide schweigen. Jetzt geht es also zum Verhör, denkt sie, und: Dort wird es wenigstens warm sein.

Man führt sie mehrere Stockwerke hinab. Ich wusste gar nicht, dass sie Verhörstuben im Keller haben, denkt sie, und schon erfasst sie Panik. Ihre Muskeln ziehen sich unwillkürlich zusammen, machen ihren Körper steif, etwas drückt ihr den Hals zusammen, die Knie geben nach. Schlagartig setzen Kopfschmerzen ein. Am Haaransatz bricht kalter Schweiß hervor. Keine Angst, keine Angst, beschwichtigt sie sich selbst im Takt der Stufen, zuerst müssen sie doch eine Befragung machen, da kann noch nicht allzu Schlimmes passieren.

Der Raum, in den sie sie schieben, ist etwas größer als ihre Zelle. Beim Eintreten erkennt sie beim Licht, das aus dem Korridor hineinfällt, dass er ohne jede Einrichtung ist. Die Tür fällt schwer ins Schloss, das Geräusch verrät, dass sie besonders dick sein muss. Genofeva steht in absoluter Dunkelheit. In absoluter Kälte. In absoluter Stille.

»Ich bin hier.« Die Stimme ist höchstens zwei Meter rechts neben ihr. Die Frau hat sehr leise gesprochen, bemüht, die andere nicht zu erschrecken. Trotzdem fährt Genofeva, wie von einem elektrischen Schlag getroffen, zusammen und geht in die Hocke.

»Wer ist das?«, ihre eigene Stimme klingt ganz fremd.

»Sagen Sie mir, welcher Tag ist?«, flüstert es von drüben.

»Donnerstag. Vielleicht. Wer sind Sie?«

Stille. Genofeva versteht: Man könnte mich geschickt haben, um sie auszuhorchen. Umgekehrt könnte die andere als Konfidentin hier sein. Beide Frauen schweigen.

Genofeva tastet sich nach links, von der Stimme fort. Zuerst steht sie frei. In dieser absoluten Dunkelheit verliert sie die Orientierung, ihr wird schwindlig, sie lehnt sich mit der Schulter gegen die Wand, bis es ihr zu kalt wird. Dann stützt sie sich mit zwei Fingern ab. Wie lange wollen die mich hier stehen lassen?

Ein dumpfes metallisches Kratzen, gefolgt von einem Zischen. Es vergeht einige Zeit, bis das Hirn gezwungen wird zu kapieren: Es ist das Geräusch von fließendem Wasser. Genofeva bückt sich und berührt den Boden. Er ist sandig und feucht. Der anderen Frau kommt die Erkenntnis offenbar gleichzeitig. Sie stöhnt laut auf.

Das Rohr muss einen halben Meter über dem Boden aus der Wand kommen. Das Wasser strömt langsam. Zunächst scheint es noch im sandigen Boden zu versickern. Als es einige Zentimeter hoch steht, erfasst Genofeva, was hier passiert und kann es doch nicht begreifen.

Da beginnt die andere zu reden.

»Mich hat man am Samstag geholt. Ich heiße Helga. Ich bin eine katholische Ordensfrau, Schwester Benedikta.«

»Ich heiße Genofeva und glaube nicht an Gott.«

Beide lachen. Sie sind umgeben von Schwärze. Wasser steht ihnen bis über die Knöchel und steigt stetig weiter. Die Kälte lähmt ihre Körper, die Angst ihren Geist. Wir erfrieren, denken sie, wir ertrinken. Wir sterben. Aber wir lachen über – ja was denn eigentlich?

»Haben Sie Ihre Schwesterntracht an?«

»Nein.«

Dann schweigen sie wieder.

Genofeva hat sich die Strümpfe ausgezogen, das Wasser war daran heraufgekrochen. Sie steht abwechselnd auf einem Bein und stützt sich mit dem Ellbogen gegen die Wand. Als das Wasser ihre Knie bedeckt, verändert sich das Geräusch. Es plätschert nicht mehr, rauscht nur noch. Der Austritt liegt jetzt unter Wasser.

In ihrer Mitte entsteht ein gewaltiges Zittern, das erfasst ihre Gliedmaßen, die unkontrollierbar zu zucken beginnen. Das Wasser steht ihr jetzt auf Höhe der Leisten. Da hört das Rauschen plötzlich auf. Es wird unnatürlich still. Genofeva spürt nichts mehr. Sie fürchtet, ihre tauben Beine werden aufhören sie zu tragen, und ihr Körper würde unter Wasser gezogen.

Sie hat es aufgegeben, die Wand nach Vorsprüngen oder Nischen oder nach überhaupt irgendetwas abzutasten. Sie vermeidet jede Bewegung. Sie wagt nicht, die Wand loszulassen. Sie uriniert und freut sich an der kurzzeitigen Wärme zwischen ihren Beinen.

Und schließlich kommt eine große Müdigkeit über sie. Eine unbezwingbare Sehnsucht nach Schlaf. Sie lehnt ihren Kopf gegen die Mauer. Die ist gar nicht mehr kalt. Sie ist gar nicht mehr hart. Genofeva schließt die Augen. Der Zufluss ist gestoppt, der Wasserspiegel sollte nicht mehr steigen.

Trotzdem ist da der Verdacht, es würde lautlos weiterfließen, tückisch, unterirdisch. Man kann nicht mehr unterscheiden, welcher Körperteil unter, welcher über Wasser ist. Ob sie es höher und höher steigen lassen, bis wir schließlich ertrinken? Eine perfide, neu ausgedachte Todesart? Genofeva wünscht sich in einen tiefen Schlaf, in eine rasch eintretende Bewusstlosigkeit, damit sie das Ersticken nicht mehr erleben muss. Sie will sich ganz ruhig machen, eine lebende Tote werden, schließlich unmerklich und schmerzlos sterben.

Etwas reißt sie aus diesem Weggleiten heraus.

Die Luke in der Tür öffnet sich kreischend. Grelles Licht blendet die Augen.

»Wer etwas zu sagen hat, kann das jetzt tun. Niemand?«, bellt eine Männerstimme. Er wartet nicht einmal eine Antwort ab und schließt die Luke sofort wieder. Genofevas Netzhaut bildet das Quadrat noch lange ab.

»Helga?« Ganz matt klingt ihre Stimme.

»Ja«, kommt es schwach zurück. Es ist die Stimme einer alten Frau.

»Wie geht es Ihnen?«

»Ich werde das nicht überleben.«

»Bald ist es überstanden. Sie haben den Hahn wieder zugedreht.«

»Ich fürchte mich nicht. Meine Seele ist bald beim Herrgott.«

Schweigen.

Dann spricht sie wieder.

»Bitte kommen Sie doch näher her. Ich möchte ein Gebet mit Ihnen sprechen.«

Langsam schiebt Genofeva sich durch das Wasser in Richtung der Stimme. Ihr Kleid ist schwer, es hat sich bis zu den

Schultern vollgesogen. Die Wand entlang, dann ist da die Eisentür, und noch ein Stück Wand. In der Ecke steht sie. Ihre Hände finden einander. Eine kleine Hand, dünn und faltig und kältestarr. Ihre zweite Hand fasst nach Genofevas Schulter und zieht sie mit erstaunlicher Kraft zu sich herab. Es ist eine kleine Person, das Wasser muss ihr fast bis an die Taille reichen. Sie nimmt Genofevas Kopf mit beiden Händen und zieht deren Ohr an ihren Mund.

»Sie machen damit, was Sie für richtig halten. Gott vergelte es Ihnen.« Sie nennt eine Gasse, Haus- und Türnummer. Genofeva macht sich ruckartig von ihr los.

»Beten Sie mit mir, Genofeva.«

»Ich kann nicht beten.«

Genofeva entfernt sich von ihr, watet wieder zurück zur anderen Wand.

Es folgen Minuten, lang wie Stunden. Stunden, lang wie Tage. Kälteschauer wechseln mit Fieberhitze, Lebenswille mit Gleichgültigkeit, Todessehnsucht mit Wut, Scham mit Stolz.

Immer wieder erhebt sich in Genofeva ein fürchterlicher Groll gegen diese Frau, die sie noch nie gesehen hat, die ihr nichts bedeutet. Warum konnte sie ihr Wissen nicht einfach für sich behalten, es mit in den Tod nehmen? In was zieht sie mich da hinein? Vermutlich hat sie die Adresse eines Verstecks genannt. Vermutlich sind dort Menschen von ihr abhängig – aber bin ich nicht auch ein Mensch? Eine, die weiterleben, mit ihrer Familie zusammenkommen, all dies eines Tages vergessen möchte?

Ich könnte ein fremdes Geheimnis verraten, um mein eigenes zu schützen.

Dreimal wird in dieser Nacht der Hahn krähen, zum Verrat rufen, dreimal wird sich die Luke öffnen, eine Stimme wird verführerisch von Wärme künden. Ins Trockene locken. Ans Licht. Zum Ausruhen. Zum Schlafen.

Das Wasser wird langsam versickern. Die Zeit wird still stehen. Die Dunkelheit wird bleiben. Die Kälte wird bleiben und das Fieber wird kommen. Das Kleid wird ihr am Leib kleben. Schließlich wird sich die Tür öffnen. Das Licht wird sie blenden. Dort drüben wird eine kleine Gestalt erkennbar werden, zusammengekrümmt in der Ecke. Ein Uniformierter wird sie mit Leichtigkeit hochheben und hinaustragen. Ihr Gesicht wird Genofeva niemals gesehen haben.

14

Etliche Tage, die auf die Wasserfolter folgen, fehlen Genofeva in der Erinnerung. Als man sie nach dieser Nacht aus dem Keller holt und in die Zelle zurückbringt, fiebert sie hoch, und später verliert sie das Bewusstsein.

Sie findet in einem Krankenhausbett wieder zu sich. Es steht in einem Saal des Rainerspitals, einem ehemaligen Militärspital im Westen Wiens. Genofeva wird über ihren Zustand im Unklaren gelassen, das Pflegepersonal spricht kein Wort mit ihr. Als sie die Kraft findet, ihren Körper zu betasten, entdeckt sie eine schmerzhafte Stelle unter einem dicken Verband am Unterbauch. Sie kann sich keinen Reim darauf machen, was mit ihr geschehen sein mag.

Erst am Tag darauf erfährt sie bei der Arztvisite, dass man ihr die Gebärmutter und die Eierstöcke entfernt hat. Die Organe seien abgestorben gewesen und hätten den ganzen Körper vergiftet, hätte man sie nicht schleunigst herausgeholt. Ohnehin sei es erstaunlich, dass sie überlebt habe. Das sei nur dem ausgezeichneten Operateur zu verdanken, und den wirksamen Medikamenten, die man heutzutage zur Verfügung habe. »Mein Kompliment«, sagt der Arzt noch, bevor er sich der nächsten Patientin zuwendet, »Sie haben eine überaus robuste Natur, junge Frau! Sie kommen schon wieder auf die Beine.«

Nach zwei Wochen befindet man Genofeva als medizinisch wiederhergestellt und spricht von Entlassung. Sie bekommt panische Angst als man ihr sagt, man würde sie demnächst ins Gefangenenhaus zurückbringen können. Sie nützt die Besprechung des Personals während der abendlichen Dienstübergabe, um aus dem Behandlungsraum wahllos sämtliche Medikamente, die sie findet, zu entwenden, sich auf der Toilette einzusperren und so viel davon zu schlucken, wie der reflexartige Brechreiz zulässt. Wie sich herausstellen wird, sind die meisten starke Abführmittel. Genofeva erleidet ein Kreislaufversagen und einen Darmverschluss. Es muss noch einmal operiert werden.

Mit ihrer Verzweiflungstat hat Genofeva die Überstellung ins Gefängnis nur verzögern, nicht verhindern können. Auch von dieser Operation, bei der ein Stück des Darms entfernt wurde, erholt sie sich körperlich. Sie verfällt in Apathie, weigert sich zu essen oder aufzustehen, und so wird sie mit dem Krankenwagen ins Landesgericht gebracht und auf einer Bahre liegend in die Zelle getragen. Noch am selben Tag kommt ein Gefängnispfarrer zu ihr. »Ich brauch keinen Besuch«, sagt Genofeva, »schon gar nicht von einem Pfaffen«, und dreht sich mit dem Gesicht zur Wand.

Der Pfarrer setzt sich auf den einzigen Stuhl und bleibt sitzen, bis die vorgegebene Zeit zu Ende ist. Am nächsten und am übernächsten Tag kommt er wieder und sitzt schweigend seine zwanzig Minuten ab. Am vierten Tag fragt er, ob Genofeva vielleicht etwas zum Lesen wolle. Mit trotziger Stimme murmelt die Frau gegen die Wand: »Den ›Schwejk‹ vom Hašek.« Sie weiß, dass dieses Werk in Deutschland auf der Liste der unerwünschten Bücher steht, und dass es auch in Österreich nur unter der Ladentheke gehandelt wird. Tags darauf bleibt, nachdem der Pfarrer seinen schweigsamen Besuch beendet hat, ein Buch auf dem Sessel zurück. Es ist in hellblaues Wachspapier eingebunden, und vorne prangt ein goldenes Kreuz. »Jetzt hat er mir doch tatsächlich eine Bibel dagelassen, der Pfaff«, denkt Genofeva. Ihre Überraschung ist groß, als sie das Buch aufschlägt.

Tags darauf kommt er mit Papier und Bleistift, ohne dass Genofeva ihn darum gebeten hätte. Während er still sitzt wie immer, schreibt Eva gierig, den Schwejk als Unterlage, auf den Knien.

Wien, 15. November 1934
Karl, bitte grüße die Kinder und die Eltern von mir. Ich war krank. Jetzt lässt man mich in Ruh, mach dir keine Sorgen. Ich fürchte, die Genossen können nichts für uns tun? Einen Pfaffen hat man mir an den Hals gehängt, aber den können wir für die Post gebrauchen. In Liebe.

Der Pfarrer reicht ihr ein Kuvert, sie steckt den Zettel hinein, schreibt eine Prager Adresse darauf und leckt über den gummierten Rand. Er lässt den Brief in einer Brusttasche verschwinden. Als sie ihm den Bleistift zurückgibt, schaut Genofeva ihm zum ersten Mal ins Gesicht.

Sie hält ihn für einen Katholiken und wundert sich, dass er Zivilkleidung trägt. Vielleicht eine Vorschrift hier im Gefängnis? Am nächsten Tag fragt sie nach seinem Namen. »Ich heiße Hans Rieger, ich bin Pastor. Ich habe Jus und Evangelische Theologie studiert, aber ich betreue alle Konfessionen hier, als Gefangenenseelsorger.« Genofeva nennt ihren Namen. »Ich weiß«, sagt Rieger. Den Rest der Zeit schweigen beide.

»Sparen Sie sich die Mühe. Ich lass mich nicht missionieren«, sagt Genofeva einmal in dieses Schweigen hinein. »Ich bin aus der Kirche ausgetreten.«

»Ist Ihnen denn nie die Ähnlichkeit aufgefallen zwischen der kommunistischen Idee und dem Urchristentum?«, fragt

Rieger. »In einem Kapitel der Apostelgeschichte steht: Es kamen alle Gemeindemitglieder, und alle legten ihre Sachen zu der Apostel Füßen. Sie verkauften ihre Güter und legten alles zusammen. Niemand litt Not. Alle hatten genügend zu essen, und sie hielten alles gemein.«

»Schauen Sie doch nur, wohin Ihr Gott und mein Kommunismus uns gebracht haben. Ich bin fertig mit beidem.«

***

Vierzehn Tage lässt man Genofeva in Ruhe. Dann beginnen wieder Verhöre. Sie weiß nie, um welche Tages- oder Nachtzeit sie geholt wird. Zwischen den Verhören vergehen manchmal Tage, manchmal nur Stunden. Es kommt vor, dass sie in einen Verhörraum geführt und dort eine ganze Nacht sitzen gelassen wird, ohne dass jemand erscheint. Einmal führt man sie hinunter in den Keller und schiebt sie in jene Zelle, in der sie die Wasserfolter hat erleiden müssen. Genofeva macht sich auf das Schlimmste gefasst, aber nach ein paar Stunden holt man sie wieder von dort weg. Sie versteht: All das ist Teil ihrer Strategie, einen Menschen vor Angst gefügig zu machen.

Einmal sieht sie sich einem besonders brutalen Verhörbeamten gegenüber. Er wird sie nur einmal, dafür mehrere Stunden lang verhören und dabei immer wieder von hinten und seitlich gegen ihren Kopf schlagen. Genofeva kann den Raum nicht mehr auf ihren Beinen verlassen, man muss sie in die Zelle tragen. Der Arzt, der sie erst am Tag darauf zu sehen bekommt, diagnostiziert eine Gehirnerschütterung. Tatsächlich hat Genofeva eine Gehirnblutung erlitten. Die Folgen: Taubheit des linken Ohres, achtzigprozentiger Verlust der Sehkraft ihres linken Auges und immer wiederkehrende einseitige Lähmungen des Körpers. Nach dieser Nacht lässt man von ihr ab. Genofeva verbringt noch mehrere Wochen im Gefängnis, ohne zu wissen, auf welcher Grundlage und mit welchem Ziel sie festgehalten wird. Eine Anklageschrift bekommt sie nie zu sehen, ein Prozess ist wohl nicht geplant. Im Mai 1935 verkündet man ihr die Entlassung aus der Haft, verbunden mit einem Landesverweis.

Eine Begründung dafür, dass man die in Wien geborene Frau ausweist, ist auch rasch formuliert: Sie sei mit einem Südslawen verheiratet gewesen, ihre Eltern seien wieder in ihrer alten Heimat Buchlovice ansässig geworden, und die kommunistisch Gesinnte hätte ihre Kinder in die Sowjetunion verbringen lassen.

Genofeva bekommt achtundvierzig Stunden Zeit, ihre Habseligkeiten zu packen, ihre Wohnung aufzugeben, sich polizeilich abzumelden und eine Fahrkarte zu kaufen. Ihr Meldezettel trägt den Vermerk: »Abgeschafft aus Österreich«.

15

Zwei Tage nach ihrer Entlassung verlässt Genofeva ihre Heimat in Richtung Buchlovice. Es ist der 9. Mai 1935, ein Donnerstag. Hans Rieger, der Gefängnispfarrer, begleitet sie zur Bahn. Er trägt ihre zwei Koffer, in die sie das Notwendigste gepackt hat. Bücher, die Spiel- und Schulsachen ihrer Buben, Geschirr, Tisch- und Bettwäsche – all das hat sie einer Nachbarin in Verwahrung geben können. Die Möbel hat sie in der Wohnung lassen müssen, der Hausherr hat sie ihr mit einem kleinen Geldbetrag abgelöst. Von diesem Betrag hat er ihr noch die Mai- und die Junimiete abgezogen.

Rieger spricht ihr Mut zu. Aber an Genofeva prallen seine Worte ab, sie ist wie in Trance. Sie kann sich einfach nicht vorstellen, dass sie Wien, ihre Geburts- und Heimatstadt, nie mehr betreten darf, es gibt doch gar keinen anderen Ort zum Leben für sie. Eine Zukunft lässt sich gerade nur in Portionen denken: Ich besuche jetzt meine Eltern, komme endlich wieder mit meinem Mann zusammen, und alles Weitere wird sich fügen. Ganz sicher würde man bald wieder die Kinder zu sich holen, sie könnten vorerst in Prag zur Schule gehen, und dann sollte doch bald wieder die Vernunft einkehren in Österreich.

»Lassen Sie uns in Kontakt bleiben. Schreiben Sie mir«, fordert Rieger sie auf, nachdem er ihre Koffer im Abteil verstaut hat. »Schauen Sie auf sich, erholen Sie sich. Es gibt mehrere Menschen, die Sie brauchen. Ich bin einer davon. Nicht vergessen!«

Am Bahnhof von Uherské Hradiště holt Karl sie ab. Er steht da, verlegen, mit einem Strauß gelber Blumen im Arm. Am Vorplatz wartet sogar ein Auto mit Fahrer – ein Genosse hatte sich erboten, ihn ins zehn Kilometer entfernte Buchlovice zu chauffieren. Fast hätte er Genofeva nicht wiedererkannt. Sie hat stark an Gewicht verloren, und ihre Haltung und ihr Gang haben sich auch verändert. Sie ist sehr blass und wirkt müde. Mann und Frau fremdeln, sie meiden den direkten Blick. Als sie alles hinter sich gebracht hat – das Lesen der Briefe, die die Buben aus Moskau geschickt haben, die Begrüßung der Eltern, der alten Babinka, der Nachbarn, das Erzählen, Erklären, Verschweigen –, führt Karl sie in das kleine, nur aus einem Zimmer und der Küche bestehende Holzhaus, das Stefan Benes mithilfe von Handwerkern aus der Nachbarschaft am hinteren Ende des Grundstücks gezimmert hat. Erst jetzt kann Genofeva ihrer Erschöpfung nachgeben. Sie legt sich aufs Bett, hält die Augen geschlossen und atmet ruhig. Karl glaubt, sie sei augenblicklich eingeschlafen. Da lösen sich Tränen aus den äußeren Augenwinkeln und laufen über ihre Schläfen. Karl hat keine Worte und auch keine Berührungen für sie, und so lässt er sie glauben, er halte sie für schlafend. Morgen werden wir uns über alles aussprechen, denkt er und bleibt sehr lange auf dem Stuhl neben dem Bett sitzen.

Aber auch am nächsten Morgen herrscht zunächst die Sprachlosigkeit. Zehn Monate sind seit ihrem letzten Zusammensein vergangen, aber zu viel ist in dieser Zeit passiert. Hatte der vergangene Sommer noch eine lichte Zukunft für ihre Familie versprochen, fühlt sich das verwaiste Elternpaar jetzt ohnmächtig und beschämt.

Nach dem Frühstück machen sie sich zu einem langen Spaziergang auf. Sie gehen am Schloss vorbei hinunter zum

Teich und nehmen dann einen Weg durch die hügelige Landschaft, in die kleine Wäldchen eingestreut liegen und schwarze Äcker, aus denen Feldfrüchte erste zarte Spitzen stecken. Es ist Frühling, die Jahreszeit für Liebende, für den Neubeginn. Genofeva kennt die Gegend gut, es ist das Land ihrer Kindersommer, das Land ihrer Babinka. Sie gehen schweigend nebeneinander, bis die Häuser von Buchlovice nicht mehr zu sehen sind, dann lassen sie sich auf einer Bank nieder, die besonnt oberhalb einer leicht abfallenden Wiese steht. Genofeva hat keine Kraft mehr in den Beinen. Lange schauen sie einfach nur auf den Wald, der die Wiese begrenzt. Endlich finden sich ihre Hände, und Genofeva lässt ihre Tränen laufen. Sie sitzen und reden so lange, bis die Sonne hinter den Bäumen abtaucht und sie bemerken, wie kalt es geworden ist.

Als Genofeva und Karl von ihrem Spaziergang zurückkommen, haben sie Pläne. Sie werden nicht die Kinder aus ihrem Paradies holen, sondern zuallererst einmal versuchen, selbst nach Moskau zu kommen. Bevor sie die Briefe der Buben gelesen hatte, bevor sie wusste, wie es ihnen geht, hatte Genofeva Karl leichte Vorwürfe gemacht, dass er die Buben so einfach der Roten Hilfe überlassen und es zugelassen hat, dass man sie nach Moskau bringt. Aber sie weiß, dass sie selbst vermutlich nicht anders gehandelt hätte. Von einem kürzeren Aufenthalt war die Rede gewesen, von Sommerferien, die die Kinder im gelobten Land der Arbeiter und Bauern verbringen sollten, wo sie sich von den traumatischen Ereignissen des blutigen Februars erholen, im Schwarzen Meer baden, mit besten Lebensmitteln aufgepäppelt und von österreichischen Krankenschwestern und Ärztinnen medizinisch betreut und verwöhnt werden würden. Man hatte schon viel gehört von diesen Pionierlagern für russische Kinder in den schönsten

Gegenden des Landes; von den ambitionierten Programmen, den hoch motivierten Pädagogen, die den Kindern einen Vorgeschmack vermitteln auf das paradiesische Leben im Sozialismus. Die Kinder würden – gesund an Leib und Seele, braun gebrannt, voller Energie für das neue Schuljahr – zurückkehren. Ja, Karl hatte schon das Richtige gemacht. Wer konnte denn vorhersehen, dass sich die Lage in Wien nicht wieder normalisieren würde? Dass der Feind stärker sein würde? Dass kein Platz mehr ist für Menschen mit ihrer Gesinnung. Da ist das Leben in der Sowjetunion einfach besser, viele Genossen sind bereits dort. Es ist wohl der einzige Ausweg. Eine innere Unruhe ist trotzdem da. Hoffentlich klappt alles. Wenn sie erst wieder ihre Buben in die Arme nehmen kann, ist alles gut.

Ein, zwei Tage wird das Paar sich in Buchlovice gönnen. Genofeva wird zu Kräften kommen, und dann werden sie gemeinsam nach Prag fahren, um mit den Genossen an der sowjetischen Botschaft ihre Ausreise nach Moskau zu organisieren.

16

1939. Seit Karls Flucht und der Trennung von den Söhnen sind inzwischen mehr als vier Jahre vergangen. Das Paar lebt immer noch ohne seine Kinder im tschechischen Exil. Genofeva ist jetzt siebenunddreißig, Karl fünfundvierzig Jahre alt.

Die ungezählten Gesuche und Anträge, die persönlichen Vorsprachen, all die Briefe an einflussreiche und weniger einflussreiche Parteigenossen in Prag und Moskau um Rückführung der Kinder zu ihren Eltern bleiben ohne Ergebnis. Das Paar sucht um politisches Asyl in der Sowjetunion an. Abgelehnt. Ein Besuchervisum. Abgelehnt. Schließlich beantragen sie die sowjetische Staatsbürgerschaft. Abgelehnt. Sie borgen sich Geld für ein teures Touristenvisum, um wenigstens für wenige Tage bei den Kindern zu sein. Ohne Begründung abgelehnt. Genofevas ausgesuchte Höflichkeit, fast schon Unterwürfigkeit schlägt um in nachdrückliches Fordern und manche laute Szene. Niemand will zuständig sein. Auf die meisten Schreiben kommt nicht einmal eine Antwort. Die Eltern wie auch die Kinder haben als Staatenlose, die sie nun alle geworden sind, keine Behörde im Rücken, die sich für ihre Interessen einsetzen könnte.

Karl wagt sich kein einziges Mal zurück in seine Geburtsstadt, zu gefährlich. Er wird seine Eltern nie wiedersehen – im August 1942 wird man das Paar, hoch in seinen Achtzigern und fast blind, aus dem jüdischen Altersheim in der Wiener Seegasse holen und nach Theresienstadt bringen. Genofeva fährt mehrmals im Jahr heimlich nach Wien, das jetzt – seit dem Anschluss vor einem Jahr – im Deutschen Reich liegt. Sie überbringt Karls Briefe an die Eltern, und sie übernimmt Kurierdienste zwischen den Genossen im tschechischen Exil und den »Illegalen« in Wien. Genofeva nutzt diese Gelegenheiten, um bei der im Untergrund tätigen Komintern für ihre Sache – die Rückgabe ihrer Kinder oder ein Visum für Moskau – zu werben. Die Eltern verstehen nicht, warum das nicht klappen will. Eine Genossin weist Genofeva darauf hin, dass man auch in Moskau nicht sicher sein kann, es gebe da so Gerüchte von Vorkommnissen unter den österreichischen und deutschen Politimmigranten, aber mehr könne und wolle sie nicht dazu sagen. Ein andermal steckt man ihr einen mit offensichtlich verstellter Schrift geschriebenen Zettel zu: »Lass deinen Jüngsten, wo er ist, man wird den Juden erkennen.« Eva ist empört, dann verstört. Natürlich weiß sie als politisch wache Person, was vor sich geht. Dass der eigene Sohn von dieser Gefahr betroffen sein könnte, ist ihr bisher nie in den Sinn gekommen. Wir werden blind für die Dinge, wenn sie zu nah vor unseren Augen sind, denkt sie.

Es ist der 12. März 1939, ein Sonntag, und von Frühling keine Spur. In Wien ist es kalt, nur wenige Grad über null. Schmutziger Schnee liegt an den Straßenrändern und kann nicht schmelzen. Genofeva trägt ihren Wintermantel. Sie hält sich gerade wieder für ein paar Tage heimlich hier auf. Kürzlich ist sie über ihre Einsicht erschrocken, dass sie den Genossen immer weniger vertraut. Ein Verdacht bohrt sich immer tiefer: dass just diese Genossen eine böse Rolle spielen könnten bei der quälend langen Trennung von ihren Kindern.

Seit ihrer Ausweisung hat sie den Kontakt zu Hans Rieger, dem Gefängnispfarrer, gehalten. Kommt es ihr nur so vor, oder kann sie mit diesem Mann der Kirche, von der sie sich doch abgewendet hat, tatsächlich offener reden als mit den Genossen, in deren Gegenwart sie eine Anspannung, ein wachsendes Misstrauen spürt und immer vorsichtiger wird mit jedem Wort? Mit Rieger spricht sie nicht über alles, er kennt nicht den wahren Grund ihrer Wienfahrten. Aber in seiner Gegenwart fühlt sie sich sicher.

Ein starker Wind reißt dunkelgraue Wolken in Fetzen, während herunten die neuen Herren den Heldengedenktag feiern, der heuer zufällig auf den ersten Jahrestag der »Heimkehr der Ostmark« fällt. Die Stadt war nach Anweisung des Reichsinnenministers zu beflaggen.

In Prag macht sich eine fiebrige Unruhe breit, die nichts Gutes verheißt. In der dreihundert Kilometer entfernt gelegenen Stadt unterscheidet sich das Wetter kaum von dem in Wien. Aber während man hier noch sein Deutschsein feiert, zieht jenseits der Grenze politisches Gewitter auf. Der geschwächte Staat der Tschechen und Slowaken lockt die blutrünstige Meute geradezu an, hier kann sie ungestraft zuschlagen und Besitz ergreifen. Und schon ist es auch so weit: Karl, der zum Kommunismus übergelaufene Sozialist mit jüdischen Vorfahren, muss schleunigst sein Exil verlassen, in dem er seit fünf Jahren einen sicheren Platz gefunden hatte. Aus Buchlovice kommend trifft er die aus Wien zurückgeeilte Genofeva in Prag. Es kann dem Paar nicht klar gewesen sein, dass genau hier und jetzt das gemeinsame Leben endet. Dass sie einander – fremd geworden – erst nach Jahrzehnten wieder begegnen würden, um sich danach nie wieder zu sehen; dass sie den jüngeren Sohn erst in dessen Dreißigern und den älteren überhaupt nie mehr treffen würden. Ihre letzten Gespräche in Prag werden tröstend und einander Mut machend gewesen sein, es werden Pläne einer baldigen Wiedervereinigung geschmiedet worden sein. Sie wird vielleicht gesagt haben: »Ich hol die Kinder aus Moskau, und dann kommen wir nach.« Er wird vielleicht geantwortet haben: »Ich gehe zur British Army, die brauchen Leute wie mich«, oder: »Ich stell mich auf die Beine, suche mir Arbeit und Wohnung, und alles wird bereit sein, wenn ihr kommt.« Sein letzter Rat an die Gefährtin: »Lern schnell noch etwas besser Englisch!« Ihr letzter Dienst an ihm: alle Vorbereitungen zu treffen, um ihm die Flucht möglichst kommod zu gestalten, wie eines ihrer Lieblingsworte lautet. »Unsereins kann nicht im Luxus leben, aber machen wir's uns ab und zu ein bissl kommod.« Schnell muss es gehen, und so überlässt sie ihm einige ihrer wenigen persönlichen Dinge: die Lesebrille etwa, weil seine in Buchlovice liegen geblieben ist und so schnell keine neue zu beschaffen ist; ihre warmen Unterhosen, weil unter dem G'wand siehst du die Weibersach' eh nicht, und die Engländer heizen ja angeblich nicht. Eine warme Jacke lass ich mir von der Babinka stricken, nimm meine, ist ja noch Zeit, bis der nächste Winter kommt. Und jetzt muss ja bald einmal Frühling werden.

Die Flucht über Rotterdam gelingt, und Karl kommt in einem Londoner Vorort unter. Dort leben bereits viele Emigranten aus Deutschland und Österreich. Aber noch ist ihm keine neue Heimat beschieden. Die Briten misstrauen allen Ausländern, sie fürchten sich vor den »unfriendly aliens«, vermuten in der »Fünften Kolonne« feindliche Spione, die sich als Flüchtlinge tarnen, die örtliche Gegebenheiten ausforschen und der Deutschen Wehrmacht bei einem Überfall auf England den Weg weisen könnten. Und so greifen die Behörden kurzerhand zu einer Lösung, die ihnen als die einfachste erscheint. Im Juli 1940 werden über zweitausendfünfhundert Menschen an Bord der »HMT Dunera« verfrachtet, einem alten Truppentransporter, gebaut für die Aufnahme von tausendfünfhundert Personen, inklusive Crew. Für die Flüchtlinge, alles Männer im Alter zwischen achtzehn und Ende fünfzig, beginnt ein Martyrium. Niemand weiß, wohin die Reise geht. Wer sich etwas mit Navigation auskennt, vermutet zunächst Kanada als Ziel. Dorthin hatte man schließlich schon früher junge Männer deportiert und in Gefangenenlagern interniert. Tatsächlich scheint die »Dunera« Kurs auf Kanada zu nehmen. Doch irgendwann dreht mitten auf dem Ozean das Schiff in eine andere Himmelsrichtung. Tagelang können selbst die Kundigen nicht erraten, wohin die Reise gehen mag. So mancher beginnt zu zweifeln, ob überhaupt geplant ist, jemals einen Hafen anzusteuern, so lange befindet sich das überladene Schiff auf See.

Wahllos hat man die Leute zusammengepfercht. Die meisten sind jüdische und politische Flüchtlinge aus Deutschland und Österreich. Etliche Wehrmachtsdeserteure sind darunter, aber auch vierhundertfünfzig italienische und deutsche Kriegsgefangene, unter ihnen fanatische Nazis. Die britischen Bewacher machen keine Unterschiede. Sie behandeln alle der ihnen Anvertrauten gleich schlecht. So schlecht, dass der Quarantäne-Arzt im Hafen, den das Schiff schließlich anläuft, sofort den wachhabenden Offizier und zwei seiner Leutnants in Arrest nimmt und dem Militärgericht übergeben lässt.

Erst jetzt erkennen die Männer, wo sie gelandet sind. Sydney also, Australien, am anderen Ende ihrer Welt. Einer von ihnen wird tot an Land gebracht. Er ist gestorben, weil eine harmlose Wunde unbehandelt blieb. Ein anderer, noch ganz junger, glaubte, diese Torturen und Erniedrigungen nicht länger ertragen zu können, sprang auf offener See ins Wasser.

Sein Körper fehlt beim Abzählen. Mehrere Männer können das Schiff nicht aus eigener Kraft verlassen und müssen auf Bahren liegend getragen werden. Fast keiner besitzt mehr seine Brille oder seine Zahnprothesen. Es bereitete dem Wachpersonal ein besonderes Vergnügen, als Strafmaßnahme diese Dinge über Bord zu werfen oder – noch lustiger – sie von den Eigentümern selbst ins Meer werfen zu lassen.

Die Australier muss der Anblick dieser Passagiere erbarmt haben. Endlich kommt jemand auf die Idee, die Kriegsgefangenen Nazis von den Flüchtlingen zu trennen. Karl wird zusammen mit fast zweitausend Leidensgenossen per Bahn ins Landesinnere gebracht. In Australien beginnt im September gerade der Sommer. Es ist heiß, es ist eng, aber Karl fühlt sich wieder als Mensch behandelt. Das Ziel der vier langen Züge ist Hay, im Südosten des Kontinents inmitten des trockenen, staubigen Outback. Dort erwartet ein aus rohen Holzplanken erbautes Barackenlager die Männer, bewacht von einer Garnison der Australian Army. Bei der Registrierung gibt Karl als Familienstand an: Verheiratet, zwei männliche Kinder. Auf der Überfahrt und in der ersten Zeit im Lager hieß es noch, Verheiratete könnten Frauen und Kinder nachkommen lassen. Bald ist davon keine Rede mehr. Sechs Monate, die gesamte unerträglich heiße Jahreszeit, bleiben die Männer hier. Als es im Mai allmählich Winter wird, werden die »Dunera Boys«, wie die Männer sich inzwischen nennen, nach Tatura im Bundesstaat Victoria verlegt. Sie hatten bald erkannt, dass sie ihre Würde nur behalten würden und überleben können, wenn sie sich Strukturen schaffen und Regeln aufstellen, wie in einem Staat. Besonderen Wert legt man auf Kultur, schließlich sind etliche Künstler und Musiker unter ihnen. Es entsteht eine Art Dorfleben, in dem Waren und Dienstleistungen getauscht und später gar gegen selbst gedrucktes Lagergeld verkauft werden. Es zahlt sich aus für Karl, dass er seinem Onkel, einem Schneidermeister, oft in dessen Werkstatt zur Hand gegangen ist, als Schüler noch, gegen ein paar Kreuzer Taschengeld. Was er noch nicht kann, lernt er jetzt. Er ist einer der begehrten Handwerker im Lager. Tagsüber werden Vorlesungen und Kurse abgehalten (einige Professoren sind hier, Philosophen, Juristen, Mediziner), und die Anhänger unterschiedlicher Weltanschauungen und Religionen versuchen, besonders unter den Jungen zu agitieren. Karl, der Kommunist, ist für die Wandzeitung zuständig, die einmal wöchentlich neu geschrieben werden muss. Orthodoxe Juden bilden eine eigene Gruppe und leben ihre Rituale. Katholiken halten ihre Sonntagsmesse. Fast jeden Abend gibt es ein Konzert, eine Theateraufführung, man hört Lesungen oder den Chor. Zuerst bringen die Kommandanten und Bewacher ihre Familien als Publikum mit, später kommen die Bewohner der näheren und weiteren Umgebung. Diese Darbietungen können es leicht mit den meisten örtlichen Theatern aufnehmen, und das spricht sich herum.

Oft sitzen welche im »Kaffeehaus«, wo es Cremeschnitten und Punschkrapferl zu kaufen gibt, die der Zuckerbäcker aus Hernals zaubert, und singen Wienerlieder. Alle Wehmut packen sie hinein: Die Alten trauern ums Vergangene, die Jungen um ihre Zukunft.

Natürlich treten Konflikte auf, wie sollte es unter diesen Umständen auch anders sein. Männer greifen gerne zu Gewalt. Da treten die Juristen auf den Plan. Bei Streitigkeiten wird eine Art Gerichtsverfahren abgehalten, und alle werden gehört: die Streitparteien, ihre Verteidiger, und schließlich der Richter und die Geschworenen mit ihrem Urteil. Sobald sich das Lager nach außen hin öffnet und die Bewohner der Gegend hierher zu den legendären Aufführungen oder zu den Tanzveranstaltungen kommen, wird das Klima ohnehin besser.

Acht Monate gehen auf diese Weise ins Land, bis die britischen Behörden den Gefangenen die Wahl lassen, Australien als freie Männer in Richtung England zu verlassen oder sich hier einzubürgern. Viele der Jüngeren bleiben – enttäuscht von der früheren Heimat, oder auch aus Verliebtheit in eine Australierin. Karl entscheidet sich im Frühjahr 1942 für die Rückkehr.

Im Jahr zuvor hatte er einen Vordruck unterschrieben: »Ich verfüge, dass weder mein Name noch persönliche Daten an deutsche/italienische Behörden (direkt oder auf konsularischem Wege), auch nicht an das Internationale Rote Kreuz weitergegeben werden dürfen.« Genofeva, die nicht weiß, warum ihr Gefährte plötzlich aufgehört hat, aus England zu schreiben, hat keine Chance, ihn zu finden.

17

Nach Karls Flucht aus Prag bleibt Genofeva alleine in der Tschechoslowakei zurück. Sie würde am liebsten sofort den nächsten Zug nach Moskau besteigen, aber sie bekommt kein Visum. Wohin sollte man es auch stempeln, sie besitzt keinen gültigen Pass mehr. Die Abende in dem Häuschen am Waldrand sind lang und einsam. Sie vermeidet das Zusammensein mit ihren Eltern. Stefan und Franziska lassen keine Gelegenheit aus, ihr – stumm oder wortreich – vorzuhalten, mit ihrer politischen Sturheit hätte sie sich fast um Kopf und Kragen gebracht, ganz sicher aber um Mann und Kinder. Innerlich hat sie längst mit ihrer früheren Gesinnung gebrochen, aber das hält sie vor den Eltern verborgen. Scham und Enttäuschung nagen tief und schmerzhaft. Wie kann eine Weltanschauung, die sich so richtig angefühlt hat, so falsch gewesen sein?

Und wieder ist es Hans Rieger, der Gefängnispfarrer, der ihr in der Verzweiflung etwas Zuversicht gibt. Sie sei »aus Österreich abgeschafft«, aber dieses Land gebe es doch jetzt gar nicht mehr.

Plötzlich hat Genofeva ein neues Ziel. Mit allem Mut der Verzweiflung entwickeln sie und ihr Freund eine Strategie. Rieger überzeugt den evangelischen Oberkirchenrat von der Notwendigkeit – und dem großen Gewinn für die Kanzlei –, einen Antrag auf Beschäftigung einer ausländischen Arbeitskraft zu stellen. Die Arbeitsbewilligung wäre Voraussetzung für eine Aufenthaltsgenehmigung. Dann müsste es möglich sein, die deutsche Staatsbürgerschaft zu beantragen. Und dann, endlich, könnte man die Familienzusammenführung betreiben. Hans Rieger muss dem obersten Kirchenmann einiges verschweigen und in einzelnen Punkten auch mogeln. Noch vertritt dieser die offizielle Haltung der christlichen Kirchen, und auch wenn er sich schon Gedanken macht und erste Überlegungen zum Umdenken anstellt, müssen die Widerständigen in der Gemeinschaft ihm gegenüber sehr vorsichtig sein. Erst als der Krieg ihm den Sohn und einen Bruder getötet haben wird, erst wenn die Greueltaten auch an getauften Juden ruchbar werden, wird er sich besinnen. Aber es ist jetzt noch nicht so weit.

Im September beginnt der Krieg mit dem Überfall der Wehrmacht auf Polen, und Genofevas Hoffnungen geraten ins Wanken. Trotz des Nichtangriffspakts zwischen Hitler und Stalin weiß niemand, wie sich die Sowjetunion verhalten wird. Niemand weiß, wie es um die geltenden Gesetze bestellt ist und wie sie sich möglicherweise ändern würden. Niemand weiß, wie lange dieser Krieg dauern und wie weit er um sich greifen wird. Was wird aus einer alleinstehenden, staatenlosen Frau, und was wird aus ihren Kindern im fernen Moskau?

Das erste Kriegsjahr ist vorüber. In Österreich herrscht immer noch Aufbruchstimmung. So gut wie in den letzten Jahren ist es den meisten noch nie ergangen. Sie vertrauen auf ihren neuen, starken Führer, sind in Erwartung von sagenhaften Veränderungen – neue Flächen für die Landwirtschaft, frei werdende Wohnungen in den Städten, Gold in den staatlichen Kassen. Endlich nimmt man den Reichen das unredlich Erworbene weg und verteilt es unter das Volk. Wir bekommen den echten Sozialismus. Noch dazu einen nationalen, wo man endlich an die eigenen Leute zuerst denkt. Das sind Verlockungen, denen kaum jemand widerstehen kann. Nur wenige misstrauen den Parolen, dass der »Verteidigungskampf« in ein paar Monaten beendet sein würde.

Genofeva hält sich illegal in Wien auf. Rieger hat ihr falsche Papiere auf den Namen Eveline Artner organisiert und eine Unterkunft in einem evangelischen Wohnheim für alleinstehende Jungarbeiterinnen in der Kenyongasse. Ihre Kontakte zu den kommunistischen Genossen hat sie jetzt vollständig eingestellt. Um die neue Identität zu schützen – so rechtfertigt sie das vor sich selbst. Dass es auch andere Gründe gibt, mag sie sich noch nicht eingestehen.

Schließlich langt das ersehnte Schreiben ein. Es ist ein Vordruck auf billigem Papier. Der erste Schritt ist erfolgreich getan, und Genofeva erlaubt es sich, an einen guten Ausgang zu glauben.

Arbeitsamt Wien
G.Z. II/1 5760

Wien, den 3. Oktober 1940

An die Firma
Presbyterium d. evang. Pfarrgemeinde A.B.
I., Dorotheergasse 18

Betrifft: Ihr namentl. Auftrag

Die jugoslawische Staatsangehörige Arnautović Genofeva geb. am 25.9.1901
   Beruf: Kontoristin; Berufsgruppe und Art: 2561
   wird Ihnen hiemit zur Vorstellung zugewiesen. Sie fällt unter die Bestimmungen des Inländerarbeitsschutzgesetzes (I.A.S.G.) vom 16.12.1925. Im Falle ihrer Einstellung ist die vorherige Be-

*schäftigungsgenehmigung erforderlich und von Ihnen auf beilie-
gendem Antrag bei der Ausländerstelle des Arbeitsamtes Wien
zu beantragen.*

*Bis zum Eingang eines Bescheides ist die Beschäftigung des
zugewiesenen Ausländers nicht nur nach dem I.A.S.G., sondern
auch nach der Verordnung über die Beschränkung des Arbeits-
platzwechsels vom 1.9.1939 strafbar.*

*Über weitere Fragen erteilt die Ausländerstelle des Arbeits-
amtes Wien V., Embelgasse 2–4, Fernruf R 25-5-80 Auskunft.*

*Auf Anordnung
Unterschrift: »Ledel«*

Abschrift der Ausländerstelle zur Kenntnis.

Um dieses begehrte Papier zu erhalten, hat das Presbyterium
auf Vorschlag Hans Riegers eine auf Genofeva zugeschnittene
Stelle ausschreiben müssen. Zunächst hat man davon nichts
wissen wollen. In Zeiten äußerst knapper Mittel – die Kirchenbeiträge sind abgeschafft – ist die Stelle der Sekretärin
des Oberkirchenrats seit mehreren Jahren unbesetzt. Rieger
lässt sich nicht abweisen. Er rechnet seinem Chef vor, dass ihn
diese Mitarbeiterin fast nichts kosten wird, wenn man ihr die
kleine Einliegerwohnung im rückwärtigen Teil der Kanzlei
überlasse, die ohnehin leer stehe. Ein großer Teil ihres Gehalts
würde als Miete zurückfließen, und überhaupt handle es sich
um eine äußerst bescheidene Person, die keine hohen Ansprüche stelle. »Sie werden staunen, welche Fähigkeiten diese Frau
hat, Sie können nur profitieren, Herr Oberkirchenrat.«
»Also dann in Gottes Namen, aber Sie kümmern sich um
alles.«

Rieger fasst also den Antrag ab. Mit einer ausführlichen Begründung, die Frau sei schon aus früherer ehrenamtlicher Funktion mit der Arbeit vertraut – was nicht stimmt –, sie genieße das Vertrauen des Kirchenrats – mit dem sie zum damaligen Zeitpunkt nicht einmal bekannt ist –, sie beherrsche sämtliche notwendigen Fertigkeiten, habe die richtige Ausbildung, zudem sei trotz ernsthafter Bemühungen keine inländische Person für diese Tätigkeit gefunden worden und so weiter. Ende des Monats trifft der Bescheid ein, dass ein Beschäftigungsgenehmigungsverfahren eingeleitet worden sei und dass unter Einhaltung gewisser Auflagen eine vorläufige befristete Beschäftigungsgenehmigung für die jugoslawische Staatsangehörige erteilt werde.

Genofeva darf sich zum ersten Mal seit fünfeinhalb Jahren wieder – wenn auch befristet – unbeschwert und ohne Angst vor Entdeckung durch ihre Geburtsstadt bewegen. Sie nimmt wieder die für sie typische gerade Haltung ein.

18

Der 10. September 1941 ist gerade zwei Stunden alt. Ein »Schwarzer Rabe« hält vor einem fünfstöckigen Wohnhaus in der östlich des Moskauer Stadtzentrums gelegenen Fräserstraße. In Händen der Männer, die der Limousine entsteigen, befindet sich eine Order des Volkskommissariats für Innere Angelegenheiten der UdSSR mit der Nummer 1423: »Beschluss über die Verhaftung und Durchsuchung der Wohnung«. Begründung: »Arnautović Slavoljub wird der antisowjetischen Tätigkeit verdächtigt.«

Darunter fein säuberlich zwei Stempel und drei Unterschriften. Die des Verwaltungsleiters des NKWD Moskau. Die des Leiters der 3. Sonderabteilung der NKWD-Verwaltung. Die eines Staatsanwalts. Als die Herren diesen Ort mit dem Verhafteten wieder verlassen, gibt es einen weiteren Vermerk auf der Rückseite, geschrieben von einer Hand, die sich kaum unter Kontrolle hat: »Die Order wurde mir am 10.9.41 um 2 Uhr 15 vorgelegt. S. Arnautović«

Am Vorabend sitzt Slavko noch mit einer Gruppe junger Leute im Zentrum der Stadt zusammen, in der geräumigen Wohnung der Eltern eines Freundes. Die Stimmung ist ausgelassen, der Tisch reich gedeckt. Es wird getrunken, gesungen und getanzt. Die jungen Männer und Frauen haben etwas zu feiern. Vier von ihnen haben kürzlich die Erlaubnis zum Studium erhalten, die beiden anderen der fröhlichen Runde sind schon seit einem Jahr Studenten. Bis vor wenigen Tagen hatte Slavko ja noch befürchtet, dass es auch diesmal nicht klappen würde. Bedingung dafür, dass sein sehnlicher Wunsch, einmal an der Universität zu studieren, sich vielleicht erfüllt, ist ein Leben als »Arbeiterstudent«. Er hat die letzten drei Jahre zuerst als Lehrling und zuletzt als Arbeiter in der Fabrik als Fräser gearbeitet. Als Lehrling wohnt er in einem der Fabrik angeschlossenen Wohnheim, schläft dort in einem Saal mit mehreren Betten. Als er dann als Arbeiter eingestellt wird und seinen ersten Lohn erhält, kann er sich ein winziges Zimmer in einer Kommunalwohnung leisten. Das Wohnhaus gehört ebenfalls zur Fabrik. Mit vier anderen Arbeitern teilt er sich Küche, Klo und Bad. Einer von ihnen bewohnt mit seiner Frau ein Zimmer, ein zweiter sogar mit Frau und Kleinkind. Ein Privileg genießt der Arbeiter Slavko – er ist von den Nachtschichten befreit, damit er die Möglichkeit hat, die Abendschule zu besuchen, die ihn auf ein Studium vorbereitet. Schon im Jahr davor hofft er so sehr, dass seinem Antrag auf Eintritt in die Arbeiterfakultät entsprochen wird, aber kurz vor Semesterbeginn erhält er die Absage. Die Abendschule darf er weiter besuchen, das wiederum gibt ihm Hoffnung, dass es im nächsten Herbst klappt. Mit seiner Mutter steht er in einem sehr sporadischen Briefwechsel.

Als die Kinder im Sommer 1939 aus dem Ferienlager im Süden nach Moskau zurückgekehrt waren, fanden sie ihr Heim leer geräumt vor. Slavko verschweigt dies seiner Mutter zunächst. Er schreibt nicht von den einschneidenden Veränderungen, die – unter anderem – die Brüder voneinander getrennt haben.

Moskau, Sommer 1939

Liebe Mutti!

Wir kommen eben aus einem Erholungsheim, wo wir uns sehr gut erholten. Es war dort sehr interessant, ich fütterte mich für zwei, dafür nahm ich auch etwas zu. Ach, schade, dass es Dir nicht auch so gehen kann. Keinen anderen größeren Wunsch habe ich als diesen, möge es Dir und allen Deinen Genossen so gut und noch besser gehen als mir.

Dein Slavko

P.S.

I am every time very glad
when a postcard from you I get.
But I shall be much more glader
if I shall get from you a letter.

Moskau, 6.9.39

Liebe Mutti!

Ich habe schon wieder mal lange nichts geschrieben. Das kommt davon, dass es nichts zu schreiben gibt. Vorläufig lerne ich noch wie immer. Habe außer der Schule keine besonderen Sorgen. Bekomme wie ein jeder Mensch meine ausgezeichneten, guten, mittelmäßigen und zur Abwechslung auch schlechte Noten. Ja, nur zur Abwechslung, denn der Durchschnitt ist besser als gut.

Sag mal, Mutti, hast Du Verbindung mit Karl dem Großen? Ich habe sie nicht. Karl dem Kleinen geht es recht gut. Er wohnt jetzt im Spartak-Kinderheim. Ich habe ihn schon angetrieben, dass er Dir schreibt. Nach einem neuen Ukas werden in der ganzen Sowjetunion Schulen des Betriebshandwerks organisiert und ich kam auch dorthin. Dort geht es mir sehr gut.

Und jetzt noch etwas. Lass uns in Zukunft ständige Verbindung haben. Mir ist es angenehm, wenn ich einen Brief bekomme. Außer Dir schreibt mir niemand.

Es grüßt Dich Dein Slavko

[Zensur-Stempel mit der Kontrollnummer 21070 vom 11.9.1939]

106

Moskau, 13. Juli 1940

Liebe Mutti!

Heute habe ich endlich nach langer Zeit eine Nachricht von Dir erhalten, es ist die Karte vom 18.6.1940. Es tut mir sehr leid, dass es Dir so schlecht geht.

Meinen Brief mit den Dichtereien hast du wahrscheinlich erhalten, nicht? Was hältst Du davon? Ein kleines Foolchen bin ich, nicht wahr? Ein nichtsnutziger Federfuchser. Und doch sandte ich meine Sachen dem Genossen Weinert, da sie ihm irgendwie gefallen. Vielleicht lässt sich aus mir doch etwas machen. Ja, du denkst, ich bin schon im Institut? Nein, ich habe noch ein Jahr Zeit, bis ich auf der Arbeiterfakultät Kurse belegen kann. Inzwischen kann ich mir sehr gut meinen Beruf auswählen. Mutti, man braucht nicht unbedingt Ingenieur zu sein, um der Menschheit dienen zu können. Alle Gebiete der Wissenschaft sind der Menschheit notwendig, in allen Gebieten kann man nützlich sein, wenn man mit Verstand, mit Liebe und mit Interesse an die Sache herangeht. Leider beschenkte mich Gott nicht mit dem Interesse zum Ingenieurwesen, dafür aber beschenkte mich die Natur mit einer großen Liebe für die Kunst, Musik, Literatur. Sag Mutti, hattest Du die Absicht auf Ingenieur zu studieren, als Du jung warst? Ich denke nicht, denn wie es so ist – bin ich ein Bruchteil Deines Ich, trage im Herzen Deine Interessen.

Am besten ist das Institut für Philosophie, Literatur und Geschichte. Hier zu studieren ist vorläufig meine Absicht. Sage Deine Meinung. Ich werde Dir sehr dankbar sein. Schreibe bitte auch, was Du von meiner Dichterei hältst.

Karli wohnt jetzt nicht mehr in Moskau. Er lebt jetzt in Tscheljabinsk, wohin ihn die Internationale Rote Hilfe sandte. Er hat dort gemeinsam mit anderen Jungen aus dem früheren

Kinderheim Nr. 6 ein Zimmer, und es geht ihm sehr gut. An-
fang September beginnt er weiter zu lernen. Die Rote Hilfe
wird ihm in allem behilflich sein.

Mit einem Gruß
Slavko

Slavko verschweigt seiner Mutter, dass er seit Langem keinen
Kontakt zum Bruder mehr hat. Es stimmt, dass eine Gruppe
von ehemaligen Zöglingen des Kinderheims Nr. 6 zunächst
ins Spartak, ein Heim für ganz gewöhnliche sowjetische
Kinder kam, das später in die weit entfernte sibirische Stadt
Tscheljabinsk verlegt wurde. Aber Karli antwortet auf keinen
seiner Briefe, und auch eine Anfrage bei der Roten Hilfe ist
erfolglos. In seinem nächsten Brief nach Wien erwähnt er den
kleinen Bruder lieber gar nicht mehr.

Moskau, 29. August 1940

Liebe Mutti!

Vor allem bitte ich um Entschuldigung, dass ich erst jetzt
Antwort schreibe. Ich habe recht wenig Zeit. Als Schüler in der
Abendschule muss ich gründlich lernen, wenn ich ins Institut
kommen will. Da sitze ich nun bis zum Abend, und danach
lese ich noch ein wenig, dann habe ich keine Kraft mehr, etwas
anderes zu tun.

Aus Deinem letzten Brief sehe ich, dass Du begonnen hast zu
arbeiten. Das ist natürlich sehr gut, wenn es nur Deiner Ge-
sundheit nicht schaden wird.

Fernerhin sehe ich aus Deinem Brief noch das, was ich Esel
19 Jahre lang nicht bemerkt habe: dass sich hinter dem Namen
Genofeva auch eine ebenso liebe Eva versteckt. Der Name ge-
fällt mir. Er erinnert mich an Deine Jugendjahre. Erwachsene

sind nämlich immer zu stolz, um sich Eva oder Slavko zu nen-
nen. Mir, meinerseits, gefällt er sehr.

Und damit Auf Wiedersehen.

Slavko

Genofeva wird sich fortan Eva nennen. Sie weiß noch nicht, dass dieser Brief das letzte Lebenszeichen ihres älteren Sohnes gewesen sein wird.

Der Bescheid über die Genehmigung eines Studiums weist Slavko dem Medizinischen Institut zu. Auf die Vorlieben eines jungen Menschen wird wenig Bedacht genommen. Aber seine Enttäuschung währt nur ganz kurz. Er ist jetzt Student! Am 1. September, einem Montag, nimmt er seinen neuen Studentenausweis in Empfang. Die ganze Welt wird ihm ab diesem Tag eine andere sein. Sein Zimmer darf er behalten. Um es bezahlen zu können, erhält er ein paar Rubel Studienbeihilfe. Eine Woche lang besucht er eifrig alle Einführungskurse und Lehrveranstaltungen. Er schreibt sich in einen freiwilligen, an Samstagen abgehaltenen Literaturzirkel ein. Ein Abend wird bestimmt, und es wird mit Freunden gefeiert, lange und ausgelassen. Slavko muss eine Stunde zu Fuß in seine Unterkunft gehen, so spät ist es geworden. Er legt sich ins Bett und kann lange nicht einschlafen, viele aufregende Gedanken halten ihn wach. Die schöne Vera hat fast nur mit mir getanzt, denkt er, und dabei hat sie mich vorher gar nicht recht beachtet, oder? Ich habe sogar eine Verabredung mit ihr, Kino am Sonntag. Ich bin glücklich, denkt er. War ich schon jemals in meinem Leben so glücklich? Kaum ist Slavko eingeschlafen, wird es laut in der Wohnung.

Die Durchsuchung des Zimmers wird peinlich genau protokolliert. Es werden verschlafene Zeugen herbeigeholt. Alles an diesem Vorgang erscheint rechtmäßig und gleichzeitig wie ein absurder, böser Traum.

Volkskommissariat für Staatssicherheit der UdSSR, Moskau, 10. September 1941.

Protokoll über die Durchsuchung der Wohnung des Verhafteten Arnautović S. im Hause Uliza Frezer 16, Tür 8, Zimmer 2.

Als Zeugen waren anwesend:

der operative Bevollmächtigte Schtschegrin

die Genossin Kommandantin Morozowa A.T.

sowie der in derselben Wohnung lebende Genosse Below Aleksander Semjonowitsch.

Konfisziert und requiriert wurde:

1. Pass auf den Namen Arnautović Slavoljub Nr. PN 022868

2. Gewerkschaftsausweis Nr. 109007

3. Studentenausweis des 1. Moskauer Medizinischen Instituts

4. Stadtplan Moskau und Umgebung

5. Persönliche Briefe und Postkarten

6. Vier Tagebuchhefte

7. Fotografien Verwandter und Bekannter

8. Monatskarte f. Eisenbahn, alt

9. verschiedener persönlicher Briefwechsel

10. Zwei Zeichnungen: a) die Station Usowo und Umgebung, b) die Station Powarowo, Berjozki, Podsolnetschnaja und Umgebung

11. Zeitkarte für die Strecke Moskau–Pluschtschewo

Die Durchsuchung wurde durchgeführt von Stepanow N.W., Mitarbeiter der 5. Abteilung des NKWD der UdSSR.

Bei der Durchsuchung wurde keine Beschwerde geäußert wegen Unrichtigkeiten bei der Durchsuchung oder wegen des Ver-

schwindens von Sachen, die in das Protokoll nicht eingetragen wurden.

Nach Unterzeichnung des Protokolls werden keine Erklärungen und Beschwerden mehr angenommen.

Unterschriften: des Verhafteten, des Durchsuchenden, der Zeugen.

19

Die Verhöre ziehen sich über Stunden. Die Protokolle dazu sind oft nur wenige Zeilen lang. Es wird so lange ein und dieselbe Frage gestellt, bis die gewünschte Antwort gegeben ist und schriftlich festgehalten werden kann.

Slavko besitzt einen Plan »Moskau und Umgebung«. Darin hat er mit blauem Stift einige Kreuze gezeichnet. Sie markieren Badeplätze, geeignete Lichtungen für Lagerfeuer und das Pionierheim, in dem sein kleiner Bruder einen Sommer verbrachte. In den Verhören wird er nun immer wieder gefragt, wo und von wem ihm dieser Plan übergeben wurde, oder wo er ihn sonst erworben habe, und ob Anweisungen sowjetfeindlicher Art damit verbunden seien. Ob er mit der Topografie vertraut sei. Ob er diese Stellen zum Baden denn nicht auch ohne Plan hätte finden können.

Dann geht es da noch um eine Geheimschrift. Als Slavko das erste Mal dazu befragt wird, muss er unwillkürlich lachen. Er hat sich mit einem Klassenkameraden einen Code ausgedacht, um miteinander zu korrespondieren. Während langweiliger Unterrichtsstunden gingen die Botschaften zwischen der ersten und der dritten Bankreihe hin und her. Darin machten sie sich über den Lehrer lustig, oder einer gestand dem anderen eine heimliche Verliebtheit. Aber der Untersuchungsbeamte meint es verdammt ernst mit dieser »Chiffre«, und sogleich vergeht dem jungen Mann das Lachen.

Warum Slavko Lebensmittelkarten in doppelter Ausführung für den Monat September 1941 besitze? Die Erklärung ist so einfach: Mit Beginn des Studiums habe man ihm eine Karte vom Medizinischen Institut zugeteilt, während er bereits jene von der Fabrik hatte. »Dass ich sie nicht benutzt habe, sieht man, weil ich sie bei mir hatte«, gibt er zu Protokoll.

»Sie werden der antisowjetischen konterrevolutionären Agitation beschuldigt. Gestehen Sie Ihre Schuld?«

»Nein, ich gestehe nicht.«

Das nächste Verhör beginnt um ein Uhr nachts.

Wann und warum er Österreich verlassen habe und zu welchem Zweck er in die UdSSR gekommen sei?

Wo die Eltern geblieben seien, welchen Beruf, welche politische Einstellung diese hätten; wer für deren Lebensunterhalt aufkomme; womit die anderen Familienmitglieder beruflich und politisch beschäftigt seien. Auf diese Fragen weiß Slavko keine Antwort.

Ob es im Kinderheim Personen gegeben habe, die die deutsche Botschaft in Moskau aufsuchten. Wie oft fanden diese Besuche statt? Gab es Treffen nach diesen Besuchen, und worüber habe man sich danach unterhalten?

»Ich kann mich jetzt an keine Gespräche erinnern. Ich werde nachdenken.«

»Sie sagen die Unwahrheit! Sie versuchen die antisowjetischen Gespräche zu verheimlichen! Haben Sie den entsprechenden Organen gemeldet, dass sich Ihre Kameraden in antisowjetischer Agitation betätigen?«

»Die antisowjetischen Gespräche, die ich persönlich hörte, habe ich den NKWD-Organen nicht gemeldet.«

Das nächste Verhör beginnt wieder um Mitternacht.

Worüber die Heimzöglinge gesprochen hätten, nachdem sie die deutsche Botschaft aufgesucht hatten. Dass das Essen besser sei in Wien, und man könne sich zum Anziehen kaufen, was einem gefällt. Dass der eine oder andere überlege, nach Österreich, jetzt Deutschland, zurückzufahren, anstatt für zwei Rubel pro Tag hier zu leben. Mancher sehnt sich nach den Eltern, mancher möchte einen Beruf nach eigener Wahl erlernen. »Ach ja, sie brachten Zigaretten aus der Botschaft mit, eine Schachtel der Marke Reemtsma Nr. 6, die besten der Welt.«

»Gestehen Sie jetzt, vor den NKWD-Organen die Lobpreisungen des Faschismus durch Ihre Freunde verheimlicht zu haben?«

»Ich gestehe.«

»Warum haben Sie dies verheimlicht?«

»Ich habe es nicht als erforderlich erachtet, meine Kameraden den NKWD-Organen zu denunzieren.«

»Sie weichen der direkten Antwort aus.«

»Ich habe einen Fehler begangen.«

Das Verhör wird am frühen Morgen unterbrochen und um zweiundzwanzig Uhr fortgesetzt.

Ob Slavko einen Fotoapparat besitze. Ja, von Ende 1939 bis zum April 1940 habe er eine »Liliput« besessen. Ob er vor seiner Anreise in die UdSSR im Fotografieren geschult worden sei. Nein, er habe 1935 einen Fotokurs im Kinderheim besucht, in dem die Grundkenntnisse des Fotografierens vermittelt worden seien. Manchmal habe er mit seiner »Liliput« die Natur fotografiert, aber das Material sei zu teuer gewesen, und so habe er den Apparat schließlich verkauft, weil seine Interessen anderen Gebieten gegolten hätten. Welchen? Der Literatur. Das Verhör endet um vier Uhr Früh.

Es geht weiter um sieben Uhr morgens und dauert bis vierzehn Uhr. Wieder geht es um den Stadtplan, die immer gleichen Fragen, die immer gleichen Antworten. Was der eigentliche Zweck dieses Planes und der Markierungen gewesen sei. Wann genau diese Markierungen gemacht worden seien. Wer noch vom Vorhandensein dieses Planes gewusst habe. Bei welchen Ausflügen er ihn mitgenommen habe und bei welchen nicht. Worin genau die Notwendigkeit bestanden habe, diesen Plan zu besitzen.

»Es bestand keine Notwendigkeit.«

»Warum leugnen Sie beharrlich den tatsächlichen Zweck dieser Pläne?«

»Es gibt keinen anderen tatsächlichen Zweck. Ich leugne nicht.«

Zurück zu den Zetteln in Geheimchiffre, die bei der Verhaftung beschlagnahmt wurden. »Warum mussten Sie chiffriert korrespondieren?«

»Einfach so.«

»Haben Sie vor, der Ermittlung sachlich richtige Aussagen über Ihre Spionagetätigkeit zu machen?«

»Ich mache richtige Aussagen.«

Drei Stunden Pause, um siebzehn Uhr geht die Vernehmung weiter und endet am folgenden Tag um zwölf Uhr mittags. Vorgebracht werden die bekannten Verdächtigungen. Es geht um die Geheimschrift der Schüler, um den Plan mit den Markierungen, um die Kontakte zur deutschen Botschaft, um antisowjetische Äußerungen im Freundeskreis – wann, wo und wie oft – und um das Verheimlichen all dessen. Slavko muss jede einzelne seiner Antworten unterschreiben.

Wenige Tage später, am 24. September, ist die Anklageschrift fertig und wird dem Beschuldigten zur Unterschrift vorgelegt. Der Ermittlungsbeamte der 6. Unterabteilung des NKWD Moskau habe das Material in der Sache Nr. 1095 überprüft und erachte den Arnautović Slavoljub für »genügend entlarvt der antisowjetischen Agitation provokativen und verleumderischen Charakters«. Er stelle eine feindliche Person dar und sei in Berufung auf Artikel 128 und 129 des Strafgesetzbuches nach Paragraph 58 Absatz 10 zu belangen. Gleich nach Verkünden der Anklage wird die Vernehmung fortgesetzt. Es ist vierzehn Uhr.

Slavko soll alle seine Bekannten namentlich aufzählen. Er nennt fünf Personen, zwei junge Männer, die das Land bereits verlassen haben, und seinen Zimmerkollegen aus dem Fräser-Werk, der gerade in der Roten Armee dient. Und zwei Studentinnen des Medizinischen Instituts, die er erst seit Kurzem kennt (»Verotschka, was passiert hier, wann werden wir uns wiedersehen?«). »Andere Bekannte habe ich nicht.«

»Bekennen Sie Ihre Schuld aufgrund der Ihnen vorgelegten Beschuldigungen grundsätzlich?«

»Antworten auf diese Frage kann ich jetzt nicht und bitte die Untersuchung, mir die Möglichkeit zu geben, nachzudenken und bei der nächsten Vernehmung auf die mir gestellte Frage zu antworten. Möglicherweise habe ich im Kreise meiner Bekannten etwas gesagt.« Es ist jetzt bereits weit nach Mitternacht und das Verhör wird bis zum nächsten Abend unterbrochen.

»Bekennen Sie Ihre Schuld aufgrund der Ihnen vorgelegten Beschuldigungen grundsätzlich?«

»Ich bekenne mich schuldig, dass ich im Kreise meiner Bekannten meine Unzufriedenheit mit dem Beschluss des Obersten Sowjet über die Einführung der Zahlung in Mittel- und Oberschulen äußerte.«

»Haben Sie diesen Beschluss der konterrevolutionären Kritik unterworfen?«

»Nein, ich war einfach mit diesem Beschluss nicht einverstanden und habe meine Unzufriedenheit mit diesem Beschluss meinen Bekannten gegenüber – wem konkret kann ich mich nicht erinnern – geäußert.«

»Der Untersuchung ist bekannt, dass Sie sich auch gegen andere Beschlüsse des Obersten Sowjet negativ geäußert haben. Bekennen Sie sich darin schuldig?«

»Ich habe auch meine Unzufriedenheit bezüglich des Beschlusses über die strafrechtliche Verantwortung wegen Bummelei und Verspätung zum Dienst geäußert, sonst habe ich nichts mehr gesagt.«

»Sie sagen die Unwahrheit. Der Untersuchung ist bekannt, dass Sie systematisch im Kreise Ihrer Bekannten antisowjetische Gespräche führten und die sowjetische Wirklichkeit verleumdeten. Bekennen Sie sich schuldig?«

»Ich bekenne mich nur schuldig, dass ich Unzufriedenheit mit den Beschlüssen äußerte. Aber systematische antisowjetische Agitation machte ich nie.«

In Juni 1940 hatte der Oberste Sowjet zwei neue Gesetze beschlossen. Das Zuspätkommen zur Arbeit wird künftig strafrechtlich verfolgt, und es werden Gebühren für den Besuch einer Mittel- oder Hochschule eingehoben. Das brachte viel Unruhe in die Studentenkreise, denn schließlich galt es bis dahin als eine der großen Errungenschaften, dass Schulbildung und Studium in der Sowjetunion kostenlos war. Das war doch schließlich auch in der Verfassung verankert. Als Voraussetzungen, studieren zu dürfen, galten einzig die Eignung und der Fleiß. Nun änderte man über Nacht die Verfassung, und für viele junge Leute und deren Eltern war ein Studium plötzlich unerschwinglich bzw. machte sie von der

Gnade offizieller Stellen abhängig, ob ihnen ein Stipendium gewährt wurde oder nicht.

Sämtliche Vorwürfe, antisowjetisch gedacht, gesprochen oder gehandelt zu haben, streitet Slavko ab. Auch dieses Verhör dehnt sich über Stunden. Dann folgt eine längere Pause. Anfang Dezember 1941 wird der Untersuchungshäftling in ein Gefängnis in der Tatarischen Republik, in die Stadt Tschistopol überstellt. Die erste Vernehmung dort findet am 11. Dezember statt. Sie beginnt um einundzwanzig Uhr dreißig und endet um Mitternacht.

Slavko wird mit neuen Namen konfrontiert, und schließlich kommen wieder die Briefchen mit den chiffrierten Nachrichten der Schulbuben ins Spiel. Er solle zugeben, zu welchem Zweck diese Chiffre tatsächlich entwickelt und benutzt worden sei. »Die Chiffre entwickelten mein Freund und ich zur persönlichen Korrespondenz während des Unterrichts.«

»Wie haben Sie von der Methode einer Chiffreentwicklung erfahren?«

»Die Methode der Chiffrezusammenstellung war im Kinderheim für die persönliche Korrespondenz sehr verbreitet. Außerdem habe ich davon aus schöngeistiger Literatur erfahren.«

Das Ermittlungsverfahren ist beendet. Ergebnisse werden an das Gericht übermittelt.

Tschistopol, 12. Dezember 1941
Der Ermittlungsbeamte hat dem Beschuldigten seine Rechte erklärt, sich mit dem gesamten Material der Untersuchung bekannt zu machen, worauf dem Beschuldigten zur Einsichtnahme der gesamte Akt in abgehefteter und durchnummerierter Form auf 40 Seiten zur Verfügung gestellt wurde.

Der Beschuldigte hat im Verlauf von einer Stunde und 30 Minuten Einsicht genommen und nach der Einsichtnahme erklärt, dass ihm gemäß Artikel 206 der StPO »das gesamte Ermittlungsverfahren in meiner Sache, bestehend aus einer Akte von 40 Seiten, vollständig bekannt gegeben und erklärt wurde. Die von mir gegebene Aussagen über meine antisowjetischen Äußerungen werden von mir bestätigt. Dem Ermittlungsmaterial kann ich nichts mehr hinzufügen. Ich habe keinerlei Ansuchen an die Untersuchung.«

Eine Aktennotiz besagt, dass das bei der Durchsuchung der Wohnung beschlagnahmte Material mit den Nummern 3 bis 11 des Durchsuchungsprotokolls (Briefe, Fotos, Tagebücher etc.) keinerlei Wert für die gegenständliche Untersuchung darstellt und daher durch Verbrennen vernichtet wurde.

Die Anklageschrift ist mit 13.1.1942 datiert. Die Ermittlungen hätten ergeben, dass der Beschuldigte gegen die Sowjetmacht eingestellt sei und systematisch Agitation betreibe, die auf Vereitelung und Diskreditierung der von der KPdSU und der Sowjetregierung durchgeführten Maßnahmen gerichtet sei. Er äußerte sich negativ über den Erlass über die Einführung der Studiengebühren. Er lobte den Faschismus und Hitler unter bekannten Deutschen. Er wird angeklagt gemäß Paragraph 58, Artikel 10, Punkt 1 des Strafgesetzbuches. Der Beschuldigte bekenne sich der ihm zur Last gelegten Vergehen teilweise als schuldig. Die Akte wird geschlossen und an die Sonderberatungsabteilung des NKWD zur Erledigung weitergeleitet. Als Strafmaß werden zehn Jahre Freiheitsentzug mit nachfolgender Aberkennung der Rechte auf fünf Jahre vorgeschlagen.

Aktennotiz vom 15. Jänner 1942

Der Beschuldigte befindet sich im Gefängnis Nr. 4 der Stadt Tschistopol, Gesundheitszustand: gesund. Beweisstücke zur Sache: nicht vorhanden.

Aktennotiz vom 27. Mai 1942

Wir, die ärztliche Leiterin der Sanitätsabteilung des Gefängnisses Nr. 4 Mjatshina, die diensthabenden Arzthelfer Buljaewa und Djatshin, haben die Leiche des Strafgefangenen Arnautović Slavoljub besichtigt. Geb 1921 in Wien (Österreich), wohnhaft in Moskau, Fräserstraße 16/8, beschuldigt gemäß § 58/10/I, Zuständigkeit Gebietsabteilung des NKWD, überstellt in das Gefängnis Nr. 4 aus der Stadt Kasan, ist am heutigen Tag um 12 Uhr in der Einzelhaftzelle Nr. 8 verstorben. Die Leiche ist mittleren Wuchses, der Zustand ist schlecht und blass, zeigt Leichenflecken.

Die Todesursache: Kolitis avitaminosen Ursprungs.

Aktennotiz vom 16. Juli 1942

Während der Haft in Tschistopoler Gefängnis Nr. 4 ist Arnautović Slavoljub am 27. Mai 1942 verstorben.

Aufgrund des Dargelegten wird beschlossen, die strafrechtliche Verfolgung gemäß Artikel 4 Punkt 1 des Strafgesetzbuches einzustellen. Die Akte Nr. 1095 ist zur Aufbewahrung im Archiv der 1. Spezialabteilung des NKWD Moskau abzulegen.

20

Als das 20. Jahrhundert beginnt, verspricht es Glück und Wohlstand für die Familie Baumgarten. Ludwigs Gasthäuser florieren, die Kinder sind alle gesund – sieht man von der leichten Behinderung des Jüngsten ab, Walter wurde mit einer Lippen-Gaumen-Spalte geboren. Jedes dieser Kinder, auch die beiden Mädchen, soll mit einem guten Beruf ins Leben gehen, da sind sich die Eltern einig. In den ersten Septembertagen des Jahres 1901 treten Ludwig und Lea mitsamt ihren neun Kindern aus der katholischen Kirche aus. In den letzten Septembertagen lassen sie sich evangelisch taufen. Das hat etwas mit Modernität zu tun, mit Zukunft, mit einem Platz in der Geschäftswelt, weniger mit Religiosität und Glauben. Den evangelischen Gottesdienst besucht die Familie genauso selten wie zuvor die katholische Messe.

Das Schicksal meint es immer noch gut mit der Familie Baumgarten. Man bezieht eine geräumige Wohnung in einem neu erbauten Haus in einer vornehmen Gegend. Das Dienstmädchen Aloisia bekommt zum ersten Mal in ihrem Leben ein eigenes Zimmer, bisher bewohnte sie ein winziges Kabinett oder, zu Beginn, eine Stube gemeinsam mit der alten Köchin.

Der älteste Sohn möchte Architekt werden. Wenn er das schafft, wird er der Erste in seiner Familie sein, der in eine höhere gesellschaftliche Klasse aufsteigen wird.

Zwei weitere Söhne machen eine Lehre zum Koch, sie sollen später die väterlichen Gasthäuser führen. Die jüngeren

Kinder besuchen noch die Schule. Da stirbt Lea, dreiundvierzigjährig, im Frühjahr 1902 an der Grippe.

Nach Ablauf des Trauerjahres heiratet der Gastwirt Ludwig Baumgarten die Waldviertler Inwohnerstochter Aloisia Widhalm. Die Kinder brauchen eine Mutter, und es schickt sich nicht, als Witwer mit einer ledigen Frau unter einem Dach zu leben. Nach nur zwei Ehejahren stirbt Ludwig an einem Aorta-Riss.

Mitten im Sommer des Jahres 1905 bleibt die sechsundvierzigjährige Aloisia mit neun minderjährigen Stiefkindern zurück.

Die Behörden bestimmen einen Vormund, der einer Witwe mit Kindern von Gesetzes wegen immer beigestellt wird, weil in wichtigen Belangen nur die Unterschrift eines Mannes zählt. Immerhin: Aloisia darf jemanden vorschlagen. Sie benennt einen Freund ihres verstorbenen Mannes, ein Schneidermeister. Die Verantwortung für das tägliche Leben bleibt bei ihr. Aber der Vormund kann ihr doch in einigem behilflich sein, wo die einfache Frau sich überfordert fühlt. Eines der beiden Gasthäuser muss verkauft, die Anteile am zweiten an den Geschäftspartner übertragen werden. Aloisia entschließt sich, eine kleinere Wohnung zu mieten. Zur Witwen- und Waisenrente kommen die Erträge aus dem Verkauf der Anteile, die für ein paar Jahre reichen sollten. Aloisia wirtschaftet klug. Sie schaut dem Vormund auf die Finger, rechnet alles nach. Und sie erfüllt gewissenhaft ihre Verpflichtung gegenüber der toten Herrschaft, die sich eine gute Ausbildung für alle Kinder zum Ziel gesetzt hatte. Tatsächlich schließt jedes nach der Schule eine Lehre ab, besucht eine weiterführende Schule oder Lehranstalt. Jedes erlernt einen guten Beruf.

Wilhelm, der Älteste, wird es weit bringen. Als sein Vater

Ludwig stirbt, ist er zwanzig Jahre alt, und damit fehlt ihm noch ein Jahr bis zur Volljährigkeit. Er besucht gerade die zweijährige Offiziersschule und bereitet sich auf ein Studium an der Akademie der bildenden Künste vor. Er bezieht einen kleinen Sold, schläft im angeschlossenen Internat und kommt nur an seinen freien Tagen auf Besuch in die enge Wohnung im fünften Bezirk, die Aloisia jetzt mit den sechs Jüngeren bezogen hat. Wilhelm ist begabt und ehrgeizig. Der Erste Weltkrieg wird seine Karriere unterbrechen, als Batteriekommandant leistet er seinen Kriegsdienst ab. Nach dem Krieg kehrt er als Assistent an die Akademie zurück, und schon zwei Jahre später gründet er gemeinsam mit einem Kollegen ein Büro und entwirft Wohnbauten und Schulen fürs Rote Wien, bevor er 1940 gerade noch den Nazis entkommen wird.

Auch die Nächstälteren, Alfons und Otto, leben nicht mehr in Aloisias Haushalt. Sie sammeln nach Abschluss ihrer Lehre erste Berufserfahrungen. Alfons hat es mit seinen neunzehn Jahren zum stellvertretenden Leiter eines noblen Kurhotels in Böhmen gebracht. Der achtzehnjährige Otto ist Servierkellner bei Hopfner in der Wiener Innenstadt. Sie wollen, wie viele junge Europäer in dieser Zeit, ihr Glück in der Ferne suchen.

Leo, siebzehn, steht vor dem Abschluss seiner Lehre. Auch er hat den Beruf des Vaters zum Vorbild und will erst einmal als Schiffskoch zur See fahren. Friedrich hat mit vierzehn gerade seine Lehre begonnen, er strebt den Beruf des Buchhalters an. Hilda, dreizehn, will nach der Schule eine Schneiderlehre machen.

Der elfjährige Viktor, die zehnjährige Marianna und der neunjährige Walter besuchen die Bürgerschule. Sie werden sich später kaum noch an ihre Mutter Lea erinnern.

21

Donnerstag, der 1. November 1940, ist Evas erster Arbeitstag in der Kanzlei des Oberkirchenrats in der Schellinggasse 12. Vorerst hat sie – inzwischen offiziell und unter ihrem richtigen Namen – ein Zimmer im Mädchenwohnheim in der Kenyongasse, zu dem ihr ebenfalls Hans Rieger verholfen hat, auch wenn sie mit ihren fast vierzig Jahren gar nicht hierher passt, zu all den Lehrmädchen und Mittelschülerinnen vom Land. Immerhin hat sie ein Zimmer für sich allein. Sie hat noch kein Geld für Miete, aber auch kein Recht, sich in einer eigenen Wohnung anzumelden. Sie ist Ausländerin in der eigenen Geburtsstadt, und das generelle Aufenthaltsverbot ist nach wie vor aufrecht. Die Frist, gegen dieses zu berufen, wird um einen weiteren Monat verlängert, damit Eva berufstätig sein darf.

Es beginnt eine zermürbende Zeit bürokratischen Ungemachs. Als erster Schritt ist eine Beschwerde gegen das »Aufenthaltsverbot für das Reichsgebiet« einzulegen, adressiert an den Polizeipräsidenten, der sie weiterleitet an den Reichsstatthalter für Wien, der am Ballhausplatz residiert (Jänner 1941). Der Beschwerde wird die »aufschiebende Wirkung zuerkannt«, die Polizeiakte der Antragstellerin wird nach Berlin geschickt.

Berlin (der Reichsführer SS und Chef der Deutschen Polizei im Reichsministerium des Innern) antwortet dem Wiener Statthalter am 28. Februar 1941. Die befristete Beschäftigungs- und Aufenthaltserlaubnis wird um einen weiteren, dann um zwei Monate verlängert. Währenddessen wechseln Akten und Briefe zwischen Berlin und Wien hin und her. Das Aufenthaltsverbot bleibt weiter aufrecht, der Ausreise-termin wird vorläufig bis 15.6.1941 erstreckt. Eva, die von den Behörden gleichzeitig als Einwanderin (national) und als Volksgenossin (rassisch) bezeichnet wird, muss zunächst einmal diesen Widerspruch auflösen. Das geschieht über Ein-gabe bei der »Volksdeutschen Mittelstelle/Beratungsstelle für Einwanderer« an die NSDAP-Gauleitung. Diese wiederum verlangt einen ausführlichen Bericht über die »polizeiliche sowie charakterliche Beurteilung der Arnautović.«

Die Wochen vergehen. Der Hitler-Stalin-Pakt hält immer-hin seit fast zwei Jahren. Wenn alles gut geht, hat Eva bald die deutsche Staatsbürgerschaft, und dann wird sie endlich den Antrag auf Familienzusammenführung stellen können. Aber die Zeit wird nicht reichen, und die Geschichte wird ihre Pläne weit überholen. Am 22. Juni wird Hitler den Pakt brechen und in die Sowjetunion einfallen. Jetzt sind Russen und Deutsche Feinde.

Die Bürokratie indessen mahlt in ihrer Gemächlichkeit und Unerbittlichkeit weiter. Auf die Anträge ihres Chefs wird Eva die Genehmigung, sich in Wien aufzuhalten und zu arbeiten, immer wieder verlängert. Sie bezieht die kleine Dienstwoh-nung ganz hinten in den Räumen ihrer Arbeitsstelle. Ein halbes Jahr benötigen die Behörden für einen Ermittlungs-bericht, den freilich diejenige, um die es geht, nie in Händen halten wird. Um die deutsche Staatsbürgerschaft zu erlangen, muss Eva sich als geläuterte und aufgrund persönlicher Be-ziehungen politisch fehlgeleitete, leicht beeinflussbare Frau darstellen. So ganz wird ihr das nicht gelingen.

Gauleitung Wien, Z.b.V. 229.120

Wien, den 22. September 1941

Betrifft:

A r n a u t o v i ć *Genofeva Stefanie,*

Sekretärin b. evang. Ob. Kirchenrat

25.VI.1901 Wien geb., Bilce S.H.S. zust., ev. A.B., verw.,

Wien I., Schellinggasse Nr. 12/1/4 wohnhaft

Ermittlungen:

Beim Kreis I erliegt über die Genannte nachstehende politische Beurteilung:

»Wir sprechen uns gegen die Einbürgerung der A. aus, da sie als Ordensschwester nicht als Anhängerin des nat.soz. Staates angesehen werden kann. Sie ist nicht Mitglied der NSDAP oder einer ihrer Gliederungen.«

Neuerliche Erhebungen ergaben, dass dieses Gutachten von ganz falschen Voraussetzungen ausgeht, da Genofeva A. niemals Ordensschwester war und niemals irgendwelche Bindungen zur katholischen Kirche hatte. Sie ist evangelisch A.B. und bekleidet derzeit die Stelle einer Sekretärin beim ev. Ob. Kirchenrat in Wien.

Arnautović ist jugoslawische Staatsbürgerin, jedoch deutscher Volkszugehörigkeit. Sie ist in Wien geboren und hat mit einer unfreiwilligen Unterbrechung vom Jahre 1935 bis 1940, in welcher Zeit sie aus Österreich ausgewiesen war, immer in Wien gelebt. Die jugoslawische Staatsbürgerschaft erlangte sie durch die im Jahre 1920 erfolgte Heirat mit dem jugosl. Staatsangehörigen Slavoljub Arnautović, welche Ehe jedoch bereits im Jahre 1924 geschieden wurde. In der Folge lebte sie mit einem Freunde ihres Gatten namens Karl Kafka zusammen, welcher als Führer im Republikanischen Schutzbund nach der sozialdemokratischen Feberrevolte 1934 in die Tschechoslowakei flüchtete.

Die seinerzeit durchgeführten Erhebungen ergaben zunächst keinen Beweis einer verbotenen Betätigung, da sie aber im Verdachte stand, mit dem geflüchteten Schutzbundführer Karl Kafka in Verbindung zu stehen und sich dadurch für eine verbotene Partei zu betätigen, wurde sie in Haft genommen und am 2.XII.1934 für beständig aus Österreich abgeschafft.

Auf Grund neuerlicher Prüfung der gegen sie vorliegenden Verdachtsmomente wurde sie aber am 22.I.1935 wegen verbotener Betätigung für die kommunistische Partei mit 28 Tagen Arrest bestraft und nach Verbüßung der Strafe in die Tschechoslowakei abgeschoben.

Sie hielt sich dann bei ihren Eltern in Buchlowitz Csl. auf und kehrte am 1.XI.1940 nach Wien zurück, wo sie als Sekretärin beim ev. Ob. Kirchenrat eine Stelle fand.

Vom Pol. Präs. Wien Abtlg. II wurde gegen sie am 13.VIII. 1940 im Sinne des § 5 Abs. I Lit. a der Ausländerpolizeiverordnung vom 22.VIII.1938 ein Aufenthaltsverbot für das ganze Reichsgebiet erlassen, weil von Seiten der Geh. Staatspolizei gegen ihren Aufenthalt Bedenken erhoben wurden.

Ein äußerst bedenklicher Umstand ist, dass ihre beiden Söhne: Slavko, am 24. Feber 1921 geboren, und Karl, am 8. Juli 1924 geboren, im Jahre 1934 zu ihrem Bruder nach Prag und einige Zeit später nach Moskau gebracht wurden, wo sie sich heute noch befinden. Arnautović will glauben machen, dass die Kinder ohne ihr Zutun nach Moskau gebracht wurden und von dort nicht mehr freizubekommen waren, eine Verantwortung, die nicht glaubwürdig erscheint.

Zahlreiche Parteigenossen u. zw. der Präsident des ev. Ob. Kirchenrates Dr. Liptak, der ev. Pfarrer Dr. Hans Rieger, der Vertrauensmann des ev. Ob. Kirchenrates u. Fachgruppenleiter der Gruppe 1 der Fachschaft 14, sowie die Ortsfrauenleiterin der

O. Gr. Hirschengrund Pgn. Josefine Mohr bestätigen, dass sich Frau Arnautović niemals gegen die NSDAP ausgesprochen hat und sich im Gegenteil über die nat. soz. Erfolge immer freute, sowie sich stets einwandfrei verhalten hat.

An ihrem früheren Wohnort X., Quellenstraße Nr. 209/10, woselbst sie bis zu ihrer Abschaffung aus Österreich wohnhaft war, wurde festgestellt, dass sich die Genannte dort wenig mit Politik befasste, jedoch im Zusammenhang mit dem Schutzbundführer Kafka als sozialdemokratisch orientiert galt.

Seit ihrer Rückkehr nach Wien verhält sich die Genannte durchaus positiv zu Staat und Partei.

Nach der ganzen Sachlage ist anzunehmen, dass es sich bei Genofeva Arnautović niemals um eine überzeugte Anhängerin des Kommunismus handelte, sondern dass sie vielmehr durch die Verbindung mit dem Schutzbundführer Karl Kafka in das rote Getriebe hineinschlitterte und dadurch auch zu der in Rede stehenden Bestrafung wegen komm. Betätigung kam.

Da es sich bei der Genannten um eine geborene Wienerin und deutsche Volkszugehörige handelt und nach den vorliegenden Bestätigungen der vorangeführten Parteigenossen angenommen werden kann, dass Arnautović derzeit eine aufrichtige Anhängerin des Nationalsozialismus geworden ist, wird wohl trotz der belasteten Vergangenheit erwogen werden können, der angestrebten Einbürgerung von hier aus keine Hindernisse zu bereiten, da eine Außerlandschaffung für die Genannte als Volksdeutsche in den gegenwärtigen Verhältnissen sicherlich ihren vollkommenen Ruin bedeuten würde.

Genofeva Arnautović ist kriminell nicht vorbestraft.

Unterschrift
Krim. Ob. Sekr.

22

Walter ist nicht Evas erstes U-Boot. Auch nicht das Ehepaar Bloch.

Im Sommer 1943 ist Evas Status in Wien einigermaßen gesichert. Zwar hat sie noch nicht die deutsche Staatsbürgerschaft erteilt bekommen, aber ihre Aufenthalts- und Arbeitserlaubnis wird jetzt immer um ein ganzes Jahr verlängert. Der August ist heuer ungewöhnlich heiß. Viele Wiener lassen auch bei Tag die für die Nacht vorgeschriebene Verdunkelung bestehen. Wasser aus der Leitung gibt es nur morgens und abends. Eva löscht gegen Mitternacht, wenn sie zu Bett geht, alle Lichter, öffnet sämtliche Fenster ihrer Wohnung und stellt sich den Wecker auf vier Uhr, um sie dann wieder zu schließen. Wenn auch die ersehnte Abkühlung ausbleibt, so kommt wenigstens andere Luft herein.

Eines Nachmittags vernimmt sie ein Geräusch, Schritte nähern sich ihrer Wohnung. Eva ist alarmiert. Es sind Sommerferien, es findet kein Parteienverkehr statt, lediglich an zwei Abenden in der Woche werden die Männerbibelstunden abgehalten. Der Chef und die beiden Büroangestellten sind auf Sommerfrische. Eva kümmert sich drei Wochen lang alleine um die Post, die Grünpflanzen und die Sauberkeit. Einen Schlüssel zur Kanzlei haben nur sie, der Chef und Pfarrer Rieger. Da klopft es schon an ihrer Tür. Tatsächlich ist es Hans Rieger, der Freund und Gefängnisseelsorger. Neben ihrer Freundin und Kollegin Irmi ist er der Einzige, mit dem »Tante Eva« per Du ist. Er hat, wie alle anderen, ihren

Privatbereich stets respektiert, sie kann sich nicht entsinnen, dass er jemals in ihrer Wohnung gewesen wäre. Es muss also etwas Außergewöhnliches passiert sein. Sie bittet ihn herein und bedeutet ihm, am Küchentisch Platz zu nehmen. Seine Miene ist ernst, und ganz offensichtlich fällt es ihm schwer, zur Sache zu kommen. Auch Eva ist befangen und rührt erst einmal umständlich aus Pulver und abgestandenem Wasser ein hellgelbes Getränk an. Sie stellt die Gläser auf den Tisch und setzt sich.

»Ich gehe jetzt ein sehr großes Risiko ein, Tante Eva. Aber ich sehe einfach keinen anderen Weg. Es geht, auch wenn das jetzt sehr dramatisch klingt, um Leben und Tod.«

Bevor er fortfährt, lässt er Eva einen Eid schwören auf die Bibel oder auf das Kommunistische Manifest oder etwas anderes, das ihr heilig ist. Sie könne sein Ansinnen ablehnen, aber niemals dürfe sie ein Sterbenswörtchen einem Dritten gegenüber verlieren, und sei es unter Folter. Er versichert noch, dass es sich nicht um etwas Unrechtes handele, worum er sie jetzt bitten werde, sondern im Gegenteil um eine Christenpflicht.

»Du kennst doch die Gottfriede, diese junge Lehrerin. Du weißt vielleicht nicht, dass sie jüdisch ist, jedenfalls nach diesen mörderischen Gesetzen. Ihre gesamte Familie ist im Herbst 1941 verschleppt worden, nur einem Zufall ist zu verdanken, dass sie nicht zu Hause war, als man ihre Leute abgeholt hat. Und es war ein Segen, dass sie sich bei guten Christenmenschen auf dem Land verbergen hat können, fast zwei Jahre lang. Jetzt ist das Versteck verraten worden, und ihr Helfer braucht etwas Zeit, um ein anderes zu finden. Sie muss dringend ein paar Tage unterkommen. Vorübergehend. Die Kanzlei bietet sich an, jetzt, wo kein Betrieb ist. Ich muss dich fragen, ob du helfen kannst. Wir akzeptieren ein Ja und ein Nein. Aber du musst es mir jetzt sagen, Tante Eva. Jetzt gleich.«

Es ist sehr still. Für Eva ist die stickige Luft plötzlich nicht mehr atembar. Sie öffnet ihren Mund, ein stimmloses Ja kommt heraus. Sie steht auf, tritt zur Emailschüssel, die sie am Morgen mit Wasser gefüllt hat. Sie taucht ihre Hände in die lauwarme Flüssigkeit, benetzt sich Puls und Schläfen. Später wird sie sich fragen, wie sie ohne viel weiteren Nachdenkens, ohne Abwägen, Zweifeln und ohne ihr übliches Misstrauen einfach Ja gesagt hat. Sicher bin ich unter Schock gestanden, denkt sie, oder ich war betäubt von Riegers Wort »Christenpflicht«, oder von der Hitze, am wahrscheinlichsten ist, dass ich einfach aus Verlegenheit oder aus Feigheit Ja gesagt habe.

»Gott wird es dir vergelten. Ich hab dich richtig eingeschätzt«, sagt Rieger nur und drückt kurz und fest ihre Hand. Es folgen Anweisungen, die Eva sich einprägen soll, und dann ist er auch schon wieder fort. Die Gläser mit der Zitronenlimonade bleiben unberührt auf dem Tisch stehen.

Bis zum Abend läuft Eva unruhig in der Wohnung umher. Sie räumt Gegenstände von einem Platz an den anderen und wieder zurück. Es fröstelt sie, obwohl es doch so heiß ist. Sie zwingt sich zum Niedersetzen, möchte ihre jagenden Gedanken zu fassen kriegen, aber sie kann sie nur in einen ständigen Kreislauf zwingen: vorübergehend … nur ein paar Tage … Leben und Tod … Christenpflicht … vorübergehend … Es hält sie nicht im Sessel, sie nimmt ihre Wanderung wieder auf. Die Wohnung wird ihr zu klein, sie verlässt sie, durchschreitet die menschenleere Kanzlei, ordnet Dinge auf ihrem ohnehin vorbildlich aufgeräumtem Schreibtisch, möchte sich der Ablage widmen, aber es fehlt ihr an Konzentration, außerdem ist ihre Ordnung perfekt. Zurück in der Wohnung weicht sie Bohnen ein, bezieht ihr Bett neu und richtet ein Lager in einem der hinteren Räume der Kanzlei, dort, wo allerhand Ausgemustertes und gerade nicht Gebrauchtes herumsteht. Sie beginnt den Küchenboden zu kehren und lässt, schweißgebadet, wieder davon ab. Sie nimmt ein Buch zur Hand, erfasst aber den Inhalt nicht. Immer wieder blickt sie zur Wanduhr, vergleicht sie mit ihrer Armbanduhr. Die Zeit scheint nicht vergehen zu wollen. Immer wieder steigt eine Wut in ihr hoch auf ihren Freund, wie kann Rieger ihr so etwas nur zumuten, ausgerechnet ihr, deren Existenz an einem so dünnen Faden hängt. Zu gerne möchte sie glauben, sie habe den heutigen Besuch vielleicht nur geträumt, während eines erschöpften Einnickens an einem unerträglich heißen Sommertag.

Als der vereinbarte Zeitpunkt näher rückt, geht Eva in ihr Büro und wartet auf das angekündigte Signal. Draußen ist es noch hell, aber später wäre der geplante Vorwand nicht glaubhaft und das ab einundzwanzig Uhr versperrte Haustor ein zusätzliches Hindernis. Tatsächlich ist es wenige Minuten vor neun, als das Telefon in der Kanzlei zu läuten beginnt. Eva fährt zusammen. Es schrillt ihr viel lauter als sonst in den Ohren, und sie fühlt sich plötzlich so allein auf der Welt. Nach wenigen Klingeltönen verstummt der Apparat und die Stille kommt ihr jetzt noch unerträglicher vor. Sie möchte ein lautes Nein! in diese Stille hineinschreien, ihr mickriges Ja wieder zurücknehmen. Oder sich tot stellen und einfach nicht reagieren. Aber es ist zu spät.

Um neun Uhr muss der Hausbesorger seine Portiersloge verlassen, um das Haustor abzusperren. Eva wartet, das Ohr gegen die Tür gepresst. Sie kann hören, wie Novak mit klirrendem Schlüsselbund und Raucherhusten ins Stiegenhaus tritt. Sie sichert die Tür vor dem Zufallen und lässt sie angelehnt. Dann läuft sie los. Ob ihr der Herr Novak wohl freundlicherweise kurz behilflich sein könne, eine Kiste müsse aus dem Keller geholt werden, und der Kanzleibote sei doch gerade auf Urlaub. Sie würde sich auch erkenntlich zeigen – sie zieht ein Päckchen Tabak aus ihrer Schürzentasche hervor. Der mürrische Ausdruck weicht aus Novaks Gesicht und er wendet sich in Richtung Kellerstiege. Kurz darauf schleppt er ächzend eine kleine, aber schwere Holzkiste in den ersten Stock. Eva läuft voraus, steckt den Schlüssel ins Schloss der offenen Kanzleitür und tritt ein. Mit einem raschen Blick versichert sie sich, dass der große Vorraum leer ist. »Wohin damit?«, keucht Novak. »Stellen Sie's einfach hier auf den Boden. Ich komm jetzt schon selber zurecht. Und vielen Dank, Herr Novak, Sie waren mir eine große Hilfe. Bitte, nehmen Sie!«

Halbherzig macht er eine abwehrende Geste. Sie streckt ihm das Päckchen hin.

»Nehmen Sie, und lassen Sie es sich schmecken. Ein Soldat im Lazarett hat es uns geschenkt. Und bei uns raucht ja niemand.«

Eva sperrt hinter Novak ab und legt den schweren Riegel vor. Ihr Herz rast, als sie die Teeküche betritt. Gleich neben der Tür, mit dem Rücken gegen die Wand gepresst, steht eine junge Frau, die den Atem anhält und deren Gesicht kreidebleich ist, obwohl ihre Kleidung viel zu warm ist für einen heißen Sommertag.

***

So rasch wie Rieger es sich gewünscht hätte, findet sich kein neues, sicheres Versteck. Gottfriede muss bleiben. Aber weil sich die Kanzleiferien dem Ende nähern, kann sie sich nicht länger im Abstellraum aufhalten. Auch wenn so gut wie nie jemand diese Räume betritt, ist die Gefahr einer zufälligen Entdeckung zu groß. Wieder sitzt Rieger bei Eva in der Küche. Wieder schweigt Eva, nickt nur ab und zu, während der Freund ihr seinen Plan erklärt. Zuletzt misst der Pfarrer mit einem Zollstock in Evas Schlafzimmer Höhen, Breiten und Tiefen.

Schon tags darauf kommen zwei wortkarge Handwerker. Gottfriede darf sich nicht blicken lassen und wird nach vorne gebracht, in einen der nicht benützten Kanzleiräume. Durch das Aufstellen einer dünnen Wand aus Holzbrettern teilen die Männer die Schlafnische ab. Am nächsten Tag kommen sie wieder und tapezieren alle vier Wände neu. Eine Herausforderung ist es, das Material am Hausbesorger vorbeizubekommen. Wieder obliegt es Eva, dem misstrauischen und neugierigen Novak zu erklären, was da vor sich geht. Sie weiß, wie sehr es dem wortkargen Mann auf die Nerven geht und begründet daher mit einer gewissen Lust wortreich und ausschweifend, warum ausgerechnet jetzt die vom Professor gewünschten Arbeiten notwendig sind, wo doch bald der Kanzleibetrieb wieder losgeht. Sie schwafelt ausführlich von zusätzlichen Tischen für den Gemeinschaftsraum und neuen Tapeten für das Chefzimmer und hofft, dass Novak es nach Fertigstellung nicht zu sehen wünscht. Der brummt »Renovieren. Mitten im Krieg?«, sucht aber schnellstmöglich vor Evas Wortschwall das Weite.

Der Zugang zur neu entstandenen Kammer ist mit freiem Auge nicht auszumachen. Man muss an einer bestimmten

Stelle die Tapete anheben und eine Türklinke in eine Öffnung stecken. Ein schmaler Durchlass öffnet sich, und beim Schließen gleitet die Verkleidung zurück an ihren Platz. Ein Meisterwerk auf seine Art, und Eva kommt der Verdacht, dass dies wohl kein Unikat ist und diese Handwerker eine gewisse Routine darin haben.

Auf dem Boden ausgelegte Rosshaarmatratzen, das Nachtkästchen, ein Sessel, darunter ein Eimer. Mehr passt nicht hinein in den fensterlosen Raum.

In diesen Tagen lernt Eva viel, das ihr später von Nutzen sein wird. Gottfriede muss sich absolut still verhalten, wenn Eva nicht zu Hause ist. Kein Stuhlrücken, kein Wasser laufen lassen, nicht singen oder summen, nur in Socken oder barfuß und nur auf Zehenspitzen gehen, den Fenstern fernbleiben, kein Licht aufdrehen. Gekocht, gewaschen und das Klosett benutzt wird erst, wenn Eva zurück ist. Deren erster Handgriff, wenn sie ihre Wohnung betritt, gilt dem Radio. Es spielt leise, bis sie zu Bett geht.

Eva bringt es nicht übers Herz, die junge Frau, die zu Asthma neigt, in der dunklen Kammer schlafen zu lassen. Sie schaffen die drei Matratzen in die Küche und morgens wieder zurück. Rieger soll nicht wissen, dass das unter Gefahren erbaute Versteck ungenützt bleibt.

Es ist dafür gesorgt, dass Gottfriede jederzeit hinter der Tapetentür verschwinden könnte. Drinnen steht immer ein Krug mit Wasser, auf dem Sessel liegen Kerze, Streichhölzer und ein Buch. Die beiden Frauen nehmen sich vor, dass Gottfriede täglich eine Zeit lang im Versteck verbringt, zur Einübung für den Fall, dass es einmal nötig werden sollte. Aber dann halten sie sich doch nie an diese Vereinbarung. Es ist nicht einzusehen, solange es keine dringende Notwendigkeit gibt.

Sechs Wochen lang lebt Gottfriede in Evas Dienstwohnung als U-Boot. Die Ferienzeit ist längst vorbei und die Gefahr der Entdeckung wächst. Eines Vormittags – es herrscht reger Betrieb in der Kanzlei – kommt Hans Rieger und raunt Eva zu, er sei gekommen um Gottfriede mitzunehmen, gleich jetzt, solange hier die Menschen ein und aus gingen. Endlich sei ein Platz für sie gefunden. Eva sperrt ihre Wohnung auf und geht sofort wieder an ihren Arbeitsplatz zurück. Als zwei Kanzleibesucher verlassen Gottfriede und Rieger kurz darauf unter den neugierigen Augen des Hausbesorgers das Haus. Das Paar geht eingehakt, und Gottfriede trägt nur ein Handtäschchen mit sich. Ihre wenigen Habseligkeiten holt Rieger am nächsten Tag ab. Eva hat keine Gelegenheit, sich von Gottfriede zu verabschieden, ein kurzer Blick, ein Nicken muss genügen. Sie wird nie vom weiteren Schicksal dieser Frau erfahren, auch nicht nach Kriegsende, weil auch Rieger sie aus den Augen verlieren wird. Zum Schutz sowohl der U-Boote wie auch der Helfer sollen alle möglichst wenig voneinander wissen, ganz besonders dann, wenn sie die Verantwortung an einen anderen Helfer übergeben.

23

Es ist früh am Morgen des 25. Februar 1945. Der Schnee ist zu Beginn des Monats weggetaut. Ein starker Sturm fegt über Wien, wirbelt den Staub aus dem Schutt der zerbombten Häuser und vernebelt die Stadt mit einem grauen Schleier, der den Menschen den Atem nimmt. Die Schulferien sind bis zum Monatsende verlängert worden, vorerst, es ist wahrscheinlich, dass man demnächst eine weitere Verlängerung verkündet. Man munkelt, die Rote Armee stehe in Ungarn, habe womöglich die Wehrmacht aus Budapest vertrieben und nähere sich Wien. In ihrer Wohnung hat Eva zwar einen Volksempfänger, hört jedoch aus Vorsicht keine »Feindsender«. Aber die Leute in den Warteschlangen und Luftschutzkellern reden, und unter den Besuchern der Kanzlei verbreiten sich Gerüchte, die ganz anders klingen als die Schlagzeilen und Durchhalteparolen in der Tageszeitung, die mittlerweile aus Mangel an Papier und Druckerfarbe aus gerade noch zwei Bögen besteht. Mit jedem Tag gibt es wegen der Bombardierungen mehr Obdachlose in Wien, und zusätzlich strömen auch noch Flüchtlinge aus dem Osten in die Stadt. Jedes freie Zimmer muss der Behörde gemeldet werden. Aber noch gilt die Kanzlei nicht als Wohnraum. Eva fürchtet, dass durch die Anwesenheit vieler fremder Menschen ihr Geheimnis schwerer zu hüten sein wird. Ihre U-Boote hätten dann womöglich gar keinen nächtlichen Ausgang mehr.

Das Ehepaar Bloch ist immer noch in ihrer Wohnung versteckt. Von »wenigen Tagen« war die Rede gewesen, von einer vorübergehenden Bleibe. Aber anders als beim Fräulein Gottfriede findet sich für die beiden alten Leute niemand, der Leib und Leben riskieren und ihnen eine geheime Unterkunft geben würde. In den meisten Fällen ist doch das Motiv, jemanden unter Gefahren zu verstecken, ein persönliches. Aus Liebe, aus einer tiefen Freundschaft oder Verwandtschaft handeln die einen; die anderen aus einer Verpflichtung für erwiesene Wohltaten, aus Dankbarkeit vielleicht; mancher hilft wohl einem Nachbarn, den er gut kennt. Richard und Elsa Bloch haben niemanden. Sie sind darauf angewiesen, dass fremde Helfer ein lebensgefährliches Risiko eingehen für Menschen, die ihnen nicht einmal nahestehen. Seit dem Einzug der Blochs in Evas Dienstwohnung sind bereits fünf Monate vergangen. Rieger ist aktiv auf der Suche, er riskiert viel. Fast unmöglich ist es geworden, einen Menschen zu verstecken, geschweige denn zwei. Und dieses Paar geht eher ins Gas, hat es erklärt, als sich zu trennen. Da sind die beiden kompromisslos.

Sie waren stark unterernährt, und die alte Frau, Elsa, kränkelte bereits, als sie im Herbst zu Eva kamen. Bald ist auch noch ein leichtes Fieber dazugekommen, das seit vielen Wochen einfach nicht vergehen will, aber man hat schließlich andere Sorgen, und die stille Frau will niemanden behelligen. Als Mitte Februar das Fieber ansteigt, bleibt sie auf ihrem Lager liegen. Richard und Walter machen Tücher feucht, die sie ihr auf die Stirn legen. Mehr können sie nicht für sie tun. Die Temperatur klettert immer weiter, das ist beunruhigend.

Als Eva heute Abend nach ihren U-Booten schaut, schläft Frau Bloch, sie atmet schwer durch den Mund, aus ihrer Brust kommt ein leises Rascheln. Eva fühlt ihren Puls, dann holt sie das Thermometer aus der Küche. Es zeigt hohes Fieber. Eva kann vor Unruhe fast nicht schlafen. Lange vor dem Morgengrauen verlässt sie das Haus. Mit raschen Schritten geht sie hinunter zum Donaukanal. Man weiß, dass es unter der Salztorbrücke alles gibt, was sonst nicht aufzutreiben ist. Sie will – ja sie muss – dem Mann vertrauen, der ihr ein wirksames Medikament gegen Lungenentzündung verspricht. Sie greift in die Innentasche ihres Mantels, kramt ein Geldbündel hervor.

»Nein, kein Geld«, sagt der Mann.

»Eine goldene Uhr? Oder meinen Mantel?«, fragt Eva.

»Die Uhr«, entscheidet er und erteilt ihr seine Anweisungen.

Es ist vereinbart, dass ein Herr um Punkt siebzehn Uhr zuerst die Schellinggasse und dann die Fichtegasse überqueren und dabei den Hut ziehen würde, als würde er jemanden grüßen. Danach würde er sich auf die Bank vor der Hegel-Schule setzen und dort keinesfalls länger als fünf Minuten warten. Es dunkelt früh, und Evas Augen brennen, weil sie – in Mantel und Schuhen – seit einer halben Stunde schon durchs Fenster auf die Kreuzung hinunterstarrt. In ihren Händen hält sie die goldene Damenarmbanduhr, ein Geschenk ihrer Tante zum Abschluss der Handelsschule. Eva hat sie aus ihrer Kommode hervorgeholt, die richtige Uhrzeit eingestellt und aufgezogen. Selbst trägt sie immer die große Herrenarmbanduhr ihres Vaters am linken Handgelenk. Seit sie auf dem einen Auge fast blind ist, kann sie sie besser ablesen als die winzigen Ziffern der Damenuhr. Niemals würde sie sich von Vaters Uhr trennen, denkt sie, auch wenn die nicht einmal aus Gold ist. Nervös dreht sie die zierliche Uhr in den Händen und vergleicht alle paar Minuten die beiden Zifferblätter, bis es zu dunkel geworden ist, um etwas zu erkennen. Es ist genau fünf Uhr, als eine Gestalt dort unten den Hut lüftet und gleich darauf um die Ecke verschwindet. Vorhin hat Eva sämtliche Türen aufgesperrt. Rasch läuft sie durch die Kanzleiräume und durchs Treppenhaus. An der Loge des Hausbesorgers zwingt sie sich zu einem langsamen Schritt, draußen beginnt sie wieder zu laufen. Auf der Bank vor der Schule sitzt ein Fremder. Wortlos tauscht sie die Uhr gegen ein in Zeitungspapier gewickeltes Fläschchen. Im Aufstehen murmelt der Mann noch: »Zehn Tropfen, sechsmal täglich« und entfernt sich rasch in Richtung Stadtpark.

Eva eilt in die Wohnung zurück, füllt in der Küche ein Glas halb mit Wasser und lässt mit einer Pipette zehn Tropfen von der Medizin hineinfallen. Im Versteck kniet sie sich zur Kranken, die auf der Matratze auf dem Boden liegt, und flößt ihr die Flüssigkeit ein. Die alte Frau hält die Augen geschlossen, ihr Oberkörper hängt schwer in Evas Arm, aber sie schluckt, Gott sei Dank. Es kann noch alles gut werden, denkt Eva, und: Lieber Gott, lass es eine echte Medizin sein. Aber eine tiefe Angst hat sie erfasst, dass es schon zu spät sein könnte, und die wird sie nicht mehr los, eine ganze weitere schlaflose Nacht lang. Dabei hat ihr Walter die Sorge um die zeitgerechte Verabreichung der Tropfen abgenommen.

Das Fieber will nicht fallen, steigt am nächsten Nachmittag sogar noch höher, dann setzen Bewusstseinstrübungen ein. Elsa Bloch fantasiert, und manchmal ruft sie so laut, dass man sich Sorgen macht, jemand könnte es hören, besonders in der Nacht.

Am dritten Morgen, es ist der 27. Februar, atmen alle auf. Das Fieber ist gefallen. Nur dieser bellende Husten, der anfallsartig den geschwächten Körper packt, bleibt. Schließlich legt sich auch der Husten. Ganz klein liegt Elsa jetzt da, die Wangenknochen heben sich scharf unter der papierdünnen gelblichen Haut. Ihr Atem geht schwer, aber sie glüht nicht mehr. Das Schlimmste scheint überstanden, die Medizin hat gewirkt, jetzt muss die arme Frau nur wieder zu Kräften kommen. Und ihr Mann ebenso. Sanft streicht er seiner Elsa übers Haar. Das scheint ihr Schmerzen zu bereiten. Sie presst ihren Mund zusammen und dreht das Gesicht weg. Er nimmt ganz sanft ihre Hand und spricht ihr leise etwas ins Ohr. Sie versucht zu lächeln, aber es wird eine fürchterliche Fratze daraus. Eva wendet sich ab. Dann wirft sie Walter einen Blick zu, und er folgt ihr aus dem Versteck.

Am Abend steigt das Fieber wieder, gegen Mitternacht beginnt Elsa Unverständliches zu murmeln, reißt die Augen auf, erkennt ihren Mann nicht mehr, und man muss ihn von ihrem Lager fernhalten, damit sie aufhört laut zu stöhnen und ihren Kopf herumzuwerfen.

Endlich schläft Elsa ein. Ihr Atem geht stoßweise durch den offenen Mund. Niemand wagt es, sie zu berühren. Mit der Pipette benetzt Richard ihre trockenen Lippen mit Wasser. Wieder lassen Eva und Walter das Paar allein. Eva besteht darauf, dass Walter in ihrem Bett schläft, sie selbst sei klein genug für die Küchenbank, und keine Widerrede.

Als Eva und Walter in der Früh das Versteck betreten, liegt das Ehepaar Bloch eng umschlungen auf der Matratze. Zu zweit lösen sie den widerstrebenden Richard vom toten Körper seiner Frau und führen ihn in die Küche hinaus.

Eva hat jetzt nur einen Gedanken: Die Leiche muss aus dem Haus, daran besteht kein Zweifel. Aber wie? Ohne die Hilfe von Verbündeten ist das unmöglich. Es gibt ohnehin nur einen, an den sie sich wenden kann. Bevor Eva sich auf den Weg zu Hans Rieger macht, richtet sie sich fast im Befehlston an Walter: »Sie kümmern sich um Richard, jede Minute. Er könnte Dummheiten machen. Lassen Sie ihn nicht aus den Augen. Bleiben Sie in der Wohnung, gehen Sie nicht ins Versteck. Sie kennen die Regeln. Ich verlasse mich auf Sie.« Walter nickt nur. Es fällt ihm schwer, ihr ins Gesicht zu blicken, das ihm ganz fremd erscheint mit einem Mal, so blass und so hart.

Als Eva an Riegers Wohnung im achten Bezirk läutet, macht niemand auf. Sie wird warten müssen, ohne zu wissen wie lange. Sie geht vors Haus, überquert die Gasse, wandert nervös auf und ab und würde am liebsten losheulen, weglaufen, zu ihren Eltern nach Buchlovice, von nichts mehr wissen wollen. Nach einer endlosen halben Stunde kommt Rieger endlich, und Eva kann ihr schreckliches Wissen bei dem Freund abladen. Sie solle sich nicht sorgen, er nehme das in die Hand, alles werde gut ausgehen. »Warte, ich muss kurz nachdenken. Ist der Professor morgen im Büro?«

»Nein.«

»Dann hör mir jetzt gut zu. Geh nach Hause. Die beiden Männer sollen in deiner Wohnung bleiben, auch über Nacht. Geht nicht ins Versteck. Nimm den Walter in die Pflicht, dass er auf den Bloch schaut. Versuche möglichst, dir nichts anmerken zu lassen. Den morgigen Vormittag müsst ihr irgendwie überstehen. Zu Mittag sperrst du die Kanzlei ab wie immer. Schau, dass Punkt zwölf alle draußen sind. Zwei Besucher mit einer Kiste werden sitzen bleiben. Die bittest du in die Teeküche. Stell Putzsachen ins Bad. Dann holst du dir den Bloch nach vorne in die Kanzlei, am besten ins Zimmer vom Chef, und dort bleibt ihr beiden. Der Baumgarten soll derweil die tote Frau holen und ins Badezimmer legen. Dann soll er an die Küchentür klopfen, wo die Helfer warten, und sofort zu euch ins Chefzimmer gehen. Ihr drei bleibt die ganze Mittagspause über dort und rührt euch nicht weg. Die Männer dürfen einander nicht begegnen. Der eine ist Fleischer. Sie werden im Badezimmer ihre Arbeit machen, und sie werden es sauber hinterlassen. Die Zeit wird ausreichen. Du kommst erst um Punkt zwei Uhr wieder heraus und sperrst die Kanzlei auf. Die U-Boote bleiben im Chefzimmer, bis alles vorbei ist. Die Helfer bleiben noch etwas im Wartezimmer, dann werden sie gehen, ohne die Kiste. Einer der beiden wird dir weitere Instruktionen geben. Ach ja, jetzt hätte ich was Wichtiges fast vergessen. Am Vormittag gehst du noch zum Novak runter und erzählst ihm was von Spenden, die am Abend abgeholt werden, Kisten mit Büchern oder so. Lass dir eine gute Geschichte einfallen.«

***

Am späten Nachmittag des nächsten Tages fährt ein Auto vor. Es zieht einen Anhänger, ein niedriges Holzplateau auf Autoreifen, wie es die Kohlenhändler benutzen. Im Chauffeur erkennt Eva den Helfer des Fleischers wieder. Wie sie später erfahren wird, entstammt der junge Mann dem österreichischen Hochadel.

Eva und ihre Arbeitskollegen waren den Nachmittag über damit beschäftigt, Kisten mit Büchern zu füllen, die später abgeholt werden sollten, um als Spende an die Schwedische Mission zu gehen. Diese evangelische Institution, die sich vor dem Krieg der Missionierung von Juden zum Christentum gewidmet hatte und etwa dreitausend von ihnen zur Ausreise verhalf, wurde zwar im Sommer 1941 behördlich aufgelöst, der Pfarrer und seine Mitarbeiterinnen mussten nach Schweden zurückkehren, jedoch halten nach wie vor ehemalige

Mitarbeiterinnen die Stellung, auf Sparflamme, ähnlich wie die Kanzlei des Oberkirchenrats.

Eva bestimmt, welche Bücher man entbehren kann. In der Hauptsache handelt es sich um Schulbücher, von denen viele Exemplare jetzt ungenutzt in den Regalen liegen, aber auch Gesangsbücher sind dabei und alte Exemplare des »Gemeindeboten«. Ist eine Kiste voll, lässt sie sie auf und neben jene stapeln, die seit Stunden neben der Eingangstür steht. Schließlich sind insgesamt sechs Kisten zur Abholung bereit.

Als der Fahrer und der Kanzleibote unter Evas Anweisungen die erste Kiste aus dem Haus schaffen, stellt sich ihnen der Hausbesorger Novak in den Weg. Er verlangt, den Inhalt zu sehen. Eva lässt ihn einen Blick in die Kiste tun und beginnt mit einer wortreichen Erklärung. »Bittschön, Herr Hausbesorger, lauter Bücher, schauen Sie! Und ob Sie wohl so freundlich sein wollen, uns dabei zu helfen, wo Sie so ein starker Mann sind, dann geht es schneller und dann ist es auch gleich wieder vorbei mit der Unruhe.« Tatsächlich greift Novak zu, trägt gemeinsam mit dem Kanzleiboten zwei der Kisten hinaus und wuchtet sie auf den Anhänger. Evas Herz rast und ihr Kopf dröhnt, aber als alles vorbei ist, muss sie innerlich schmunzeln. Novak hat sicher nur zugelangt, weil er ihrem Wortschwall über Mildtätigkeit und Freude am Spenden entfliehen wollte. Und bei aller Gefahr und Trauer – dass ein Konfident der Nazis beim heimlichen Abtransport der Leiche einer versteckten Jüdin behilflich ist, verschafft ihr eine kleine heimliche Genugtuung.

Wohin die sterblichen Überreste Elsas gebracht wurden und wie man sich der Kisten entledigte, erfährt Eva später von Rieger. Man habe sie zur Donau gefahren, die Kiste geöffnet, damit – würde sie am Wehr hängen bleiben – keine

Rückschlüsse gezogen werden könnten; die Körperteile habe man den Fluten übergeben. Die Kisten mit den Büchern habe man anschließend tatsächlich zur Schwedischen Mission in der Seegasse gebracht.

***

Eva hat Walter das Versprechen abgenommen, sich währenddessen um Richard zu kümmern. Man durfte nicht riskieren, dass der Witwer in seinem Schmerz etwas tut, das ihm oder seinen Helfern schaden könnte. Viele Menschen gingen an diesem Tag in der Kanzlei ein und aus, es durfte kein Laut aus der Dienstwohnung dringen. Die Männer sollten unbedingt im Versteck bleiben, bis Eva zurück sei.

Als Eva dann leicht ihr Zeichen klopft und die Tapetentür öffnet, sieht sie den alten Mann bäuchlings auf der Matratze liegen. Sein Gesicht hat er in die Vertiefung des Polsters gebettet, in der Elsas Kopf gelegen war. Walter sitzt auf seiner Matratze und legt den Finger an den Mund. Eva deutet ihm herauszukommen.

»Er hat geweint. Und das Bettzeug hab ich auch nicht abziehen dürfen«, sagt Walter, als er mit Eva in der Küche beim Tee sitzt. »Jetzt ist er eingeschlafen. Ich habe ihn belogen, Eva. Ich hab ihm gesagt, Elsa wäre von den Helfern heimlich in der Erde bestattet worden. Das ist den Juden doch so wichtig.«

»Das war schon recht, Walter. Ihre Seele ist schon längst beim Herrgott, es war nur ihre Hülle, mit der wir so umgegangen sind.«

Walter legt seine Hand auf Evas. Sie lässt ihn gewähren.

24

Die schlimmste Gefahr ist vorüber. Wenige Tage nach Elsas Tod holt Rieger den alten Herrn ab, um ihn – jetzt, da er allein ist – in einem früher schon angebotenen Versteck unterzubringen. Endlich lässt die Spannung, die Evas Körper die letzten Tage aufrecht gehalten hat, nach. Das macht ihren Körper anfällig. Die lauernde Grippe macht keinen Unterschied zwischen Krieg und Frieden, sie nimmt keine Rücksicht auf eine Verpflichtung, die eine hat, die eigentlich unter keinen Umständen krank werden dürfte. Noch in der Nacht zieht der Schmerz in alle Knochen, packt der Schüttelfrost die Glieder, gefolgt von der Fieberhitze. Eva schafft es gerade noch, Walter zu befehlen, das Versteck bis auf Weiteres nicht zu verlassen, »ich leg mich eine Zeit lang hin«, und ihrer jungen Mitstreiterin Irmi aus der Kanzlei übergibt sie den Wohnungsschlüssel, damit man ihr nicht womöglich die Tür eintritt, wenn sie nicht zur Arbeit erscheint.

Die Tage, die folgen, fehlen ihrem Gedächtnis. Eva wird von Fieberträumen heimgesucht, in denen Wände von allen Seiten auf sie zukommen und ihren Leib zu erdrücken drohen. Gerade wenn sie meint zu ersticken, beginn die Fahrt von Neuem. Endlich fällt die Temperatur etwas, die Träume verändern sich, nun geht es um Verdursten und Feuersbrunst. Eine Nacht, einen Tag, eine zweite Nacht, einen zweiten Tag und eine dritte Nacht dauert dieser Zustand an. Am darauffolgenden Morgen taucht Eva wieder hinauf ins Bewusstsein, und ihre ersten Gedanken sind: Habe ich im

Wahn gesprochen, mein Geheimnis verraten? Wie geht es Walter? Ist er verdurstet? Verhungert? Erstickt?

Von Irmis Gesicht ist nichts abzulesen. Sie beendet ihren morgendlichen Besuch bei der Kranken: »Gottlob, es geht dir schon wieder besser, Tante Eva. Wir haben uns ernstlich um dich gesorgt, aber das Fieber ist endlich herunten. Schlaf dich gesund, ich schau dann in zwei Stunden wieder nach dir.«

Eva wartet – angespannt lauschend – mehrere Minuten, dann richtet sie sich auf. Sie muss eine Weile am Bettrand sitzen bleiben, bis der Schwindel nachlässt. Sie schafft es auf schwachen Beinen in die Küche, um die Klinke aus der Lade zu holen. Es kostet sie viel Kraft, das Tischchen mit den Pflanzen zur Seite zu rollen. Voller Grauen davor, was sie dahinter vorfinden mag, öffnet sie die Tapetentür.

Gestank schlägt ihr entgegen. Sie spürt Brechreiz und Schwindel, wendet sich ab und schafft gerade die drei Schritte bis zu ihrem Bett, um darauf niederzusinken. Wie eine Ertrinkende schnappt sie nach Luft, ihr Herz rast und sie fürchtet, das Bewusstsein zu verlieren.

Ist das Irmi, ist schon so viel Zeit vergangen? Nein, es ist Walter, der an ihrem Bett steht.

»Wann kommt wieder jemand zu Ihnen?«

»Bald, die Irmi.«

»Ich räum nur rasch etwas auf, dann können Sie wieder zusperren. Ruhen Sie sich so lange aus.«

»Walter …«

»Mir geht es gut. Ich muss nur trinken. Sorgen Sie sich nicht.«

»Trinken Sie das hier.«

Walter trinkt gierig die Suppenbrühe aus, die Irmi für Eva bereitgestellt hat. Dann leert er den Kübel ins Klosett, füllt

Evas Wasserglas wieder auf und seinen Krug. Er lüftet das Versteck, indem er mehrere Minuten lang die Tapetentür offen hält. Schließlich hilft er der Kranken aus dem Bett und reicht ihr die Klinke.

»Walter ...«

»Nicht anstrengen. Wir können später alles besprechen. Ich sehe, dass Sie gut versorgt sind. Um mich machen Sie sich keine Gedanken, ich halte das aus.«

»Ich bin so froh ... ich hab schon geglaubt ...«

Irmi lobt die Kranke dafür, dass sie alles ausgetrunken hat. »Es geht aufwärts, Tante Eva. Du hast die Grippe überstanden. Es hat ja eine Zeit lang gar nicht gut ausgeschaut, der Professor hat einen Doktor kommen lassen. Aber der hat auch nicht viel machen können, sind ja fast keine Medikamente zu kriegen.«

»Jetzt kannst du mir den Schlüssel wieder geben.«

»Aber ...«

»Du kennst mich doch, Irmi. Mir geht's schon wieder besser, ich mach dir auf, wenn du klopfst.«

»Na gut. Aber versprich mir, dass du nach vorn kommst, sobald du was brauchst.«

»Versprochen. Ich danke dir, Irmi.«

»Keine Ursache, Tante Eva.«

25

Eva hält sich nicht an die Anweisungen, die ganz allgemein für Helfer gelten und die ihr Mentor Hans Rieger ihr eingeschärft hat. So hält auch Walter, wie ihr erstes U-Boot Gottfriede, sich nur selten im eigentlichen Versteck auf. Eva kann sich darauf verlassen, dass er vorsichtig ist. Er bewegt sich nur in Strümpfen leise durch die Wohnung, etwa um sich ein Buch aus dem Regal zu holen oder um ein paar Dehnungsübungen zu machen. Trotz der Verdunkelung meidet er die Nähe der Fenster und lässt kein Wasser laufen, wenn Eva nicht daheim ist.

Die Bombardierungen dauern an. Menschen verlieren ihr Dach über dem Kopf. Die Behörden weisen ihnen Wohnraum zu. Demnächst wird man Ausgebombte in der Kanzlei unterbringen. Die ungenutzten Räume, die dafür infrage kommen, liegen unmittelbar vor dem Eingang zu ihrer Dienstwohnung. Aber noch ist es nicht so weit.

Walter schämt sich, wenn Eva das Waschen seiner Wäsche übernehmen will und lässt es nicht zu. Trocknen müssen die verräterischen Kleider ohnehin im Versteck auf einer Leine, die an zwei Haken von Wand zu Wand gespannt ist. Walter besteht nachdrücklich darauf, seinen Kübel selbst zu leeren und zu reinigen. Die Klospülung darf ja nicht betätigt werden, während Eva in der Kanzlei ist.

Eva muss sich eingestehen, dass sie sich in letzter Zeit auf den Feierabend freut. Früher hat sie diese einsamen Stunden gefürchtet und ist nach Dienstschluss oft noch lange an ihrem

Schreibtisch sitzen geblieben. Zu früh, sich dem vergessen machenden Schlaf zu überlassen, suchten dunkle Gedanken sie heim und kreisten unablässig in ihrem Kopf: Wie konnte ich zulassen, was mit meiner Familie geschehen ist? Wie geht es den Kindern, von denen so lange nichts mehr zu hören war? Wohin hat es meinen Lebensgefährten verschlagen? Warum lässt er mich ohne Nachricht? Leben sie alle überhaupt noch?

Jetzt hat sie nur Walter, um den sie sich kümmern kann, und sie tut es mit Hingabe. Manchmal lässt sie ihn für einen Sonntag allein und besucht ihren Bruder Otto, der mittlerweile in Brünn lebt und dort im Betrieb eines entfernten Verwandten arbeitet. Dieser Onkel Emil hat Zugang zu Lebensmitteln, von denen in dieser Zeit alle nur träumen können. Eva hat bei ihrer Rückkehr einen Aluminiumtopf mit den Resten eines anständigen Mahls dabei und echtes Schwarzbrot. Onkel Emil konnte die Maschinen in seinem Betrieb so umbauen, dass damit Munition erzeugt werden kann. Der Krieg habe ihm Glück gebracht, sagte er oft grinsend und rieb sich dabei die Hände. Seit Gerüchte zu vernehmen sind, die Alliierten stünden vor Aachen und die Rote Armee sei bereits in Budapest, ist ihm das Grinsen aus dem Gesicht gefallen. Dennoch: Während immer mehr Menschen an Hungerkrankheiten sterben, bleibt sein Tisch reich gedeckt.

Von diesen Ausflügen nach Brünn kommt Eva stets mit einem gut gefüllten Rucksack zurück. Manchmal ist sogar ein Stück Guglhupf dabei. Das ist dann ein Festtag. Sie sitzt am Küchentisch, in der Kanne ist Eisenkraut- oder Pfefferminztee (manchmal auch nur heißes Wasser), und sieht Walter beim Essen zu.

An anderen Tagen gibt es so gut wie nichts zu essen, aber

sie behalten die Gewohnheit der gemeinsamen Abende bei. Aus Sicherheitsgründen, wie Rieger Eva erklärt hatte, sollten Helfer und U-Boote möglichst nichts voneinander wissen. Auch gegen diese Regel verstoßen Eva und Walter. In langen Gesprächen erzählen sie einander von ihren Eltern, ihren Geschwistern, von Begebenheiten aus ihrer Kindheit. Über ihre jüngere Vergangenheit verliert Eva kein Wort.

Damit Walter, der in dunklen, kleinen Räumen oft an Beklemmung leidet, sich an den Aufenthalt im Versteck gewöhnt, verbringt auch Eva fast täglich mehrere Stunden mit ihrem Gast dort. Es ist wenig Platz in der schmalen, fensterlosen Kammer.

Eines Abends beginnt Eva zum ersten Mal von ihren Kindern zu sprechen, von deren Existenz außer Rieger niemand weiß. Nach nur wenigen Worten verschlägt es ihr die Stimme, ihr Hals schnürt sich zu und sie verlässt fluchtartig das Versteck. Walter folgt ihr in die Wohnung. Lange sitzen sie schweigend am Küchentisch. Sie blicken einander kein einziges Mal an. Später legt Walter seine Hand auf ihre, nur kurz, dann erhebt er sich, wünscht eine gute Nacht und verschwindet im Versteck. Eva bleibt noch ein wenig sitzen, dann steht sie auf, geht mit bleiern schweren Schritten in ihr Schlafzimmer und legt sich ungewaschen und in Kleidern aufs Bett. Der Schlaf kommt sofort, wie eine Ohnmacht.

Am nächsten Tag, einem Sonntag, hängt eine Befangenheit zwischen den beiden, als sie einander zum Frühstück in der Küche treffen. Doch schon bald sind sie wieder im Versteck und reden und reden. Die Kerze ist fast heruntergebrannt. Sie sitzen nebeneinander, die Rücken gegen die Wand gelehnt, auf den Matratzen. Sie nippen an ihrem längst erkalteten Tee und reden mit halblauter Stimme. Man würde mir nicht glauben, denkt Eva, wenn sie sich viele Jahre später an jene Stunden erinnert, wenn ich sage, dass ich mich niemals und nirgendwo so sicher und behaglich fühlte wie an diesem Ort, mitten im Krieg und in ständig lauernder Gefahr, verraten zu werden.

Die Kerze ist verlöscht. In der Dunkelheit redet es sich leichter. Eva spricht von der Sehnsucht nach ihren Kindern Slavko und Karli, von denen sie 1934 getrennt wurde und seit 1940 kein Lebenszeichen hat. Von ihrem Lebensgefährten Karl, von dem sie seit dessen Flucht im Jahr 1939 nichts mehr gehört hat.

Da sitzen sie nun, ein Mann und eine Frau in mittleren Jahren, beide tragen schwer an ihrem Geheimnis, jetzt endlich können sie diese Last teilen. Ihre Oberarme berühren sich wie selbstverständlich, die Wärme des anderen hält das innere Zittern im Zaum. Ein Kopf legt sich auf eine Schulter. Immer noch sind beide zu schüchtern, einander das Du-Wort anzutragen.

Fliegeralarm. Es ist Evas Pflicht, unverzüglich in den Luftschutzkeller zu eilen. Walter besteht darauf. »Gehen Sie!«

»Ich möchte Sie aber jetzt nicht alleine lassen«, sagt Eva.

»Ich muss darauf bestehen. Es soll Ihnen nichts zustoßen, Eva.«

»Ich bleibe. Heute bleibe ich«, sagt sie und greift nach seiner Hand. Die Sirene verstummt mit einem heiseren Bellen, und sie finden sich in einer festen Umarmung. Alle Sehnsucht, alle Angst und Anspannung liegt in dieser Umarmung, auch alle Hoffnung auf ein gutes Ende, auf ein Glück, das ihnen doch schließlich zusteht. Und selbst wenn ihnen der Tod bestimmt sein sollte, welcher Zeitpunkt wäre besser geeignet als dieser? Sie umschlingen sich, verkrallen sich ineinander, als könnten sie sich damit einer Gewalt widersetzen, die sie hätte auseinanderreißen wollen.

Draußen ein bedrohliches Dröhnen, ein hohes Pfeifen, dann ein Treffer ganz in der Nähe. Sie spüren die Erschütterungen bis ins Innerste. Als würde die Luft, die Erde, die Stadt, alles Mauerwerk, ihr Knochengerüst, die Organe und jede einzelne Zelle erschüttert, gesprengt, zerrissen. Doch während draußen die Trümmer nach dem Gestiebe und Geschiebe, das auf den Einschlag folgt, endlich zerbrochen liegen bleiben, geschieht hier drinnen ein Sich-Zusammenfügen, ein Ganzwerden.

***

Am nächsten Vormittag fängt der Hausbesorger Eva beim Verlassen des Hauses ab und fragt, wo sie denn gestern während des Bombenalarms gewesen sei. Als Luftschutzwart sei es seine Pflicht, alle Hausbewohner im Keller zu versammeln. Er müsse ihr Fehlen ins Protokoll schreiben. Eva reagiert kaltblütig und lügt, ohne zu zögern. Sie sei gerade bei den verwundeten Soldaten gewesen und habe im Schutzraum des Spitals die Entwarnung abgewartet. »Ich habe Sie gar nicht heimkommen sehen«, wundert sich Novak. Eva zuckt mit den Schultern, und Novak macht sein Häkchen.

Noch am selben Tag sucht Eva den Amtsarzt auf, um einen Befreiungsschein vom Luftschutzkeller zu beantragen. Sie verweist auf ihre Darmoperation, die erst wenige Jahre zurückliegt und gibt vor, seither unter unkontrollierbaren Durchfällen zu leiden. »Besonders bei Aufregung ist es ganz schlimm«, erklärt sie dem müde aussehenden Mediziner, der keine Anstalten macht, sie zu untersuchen. »Und im Keller gibt es doch keine richtige Toilette.«

»Sie gehen ein großes Risiko ein!«

»Das ist mir klar, Herr Doktor. Es wäre ja auch nur für alle Fälle. Unser Luftschutzwart ist so streng in diesen Dingen, und ich schäme mich.« Der Mediziner greift zu einem Formular, unterschreibt und stempelt es wortlos. Soll doch ein jeder tun, wie er glaubt.

Ihr Ansuchen um zusätzliche Lebensmittelration aufgrund der Auszehrung durch chronische Erkrankung weist er ab. Er hat seine Order.

Durch Zufall erfährt Hans Rieger von Evas Befreiungsschein und ist ungehalten. »Du machst einen großen Fehler. Es nützt der Sache mehr, wenn du dich dieser Gefahr nicht aussetzt und möglichst lange am Leben bleibst.«

»Der Herrgott hält seine Hand über mich, Hans.«

»Das ist nicht lustig, Eva.«

Novaks Misstrauen nimmt zu, als sie ihm das Attest vorlegt. Er kann sich keine gesundheitlichen Gründe denken, die gegen Bomben aufwägbar wären. Als Eva ihm einen Hinweis auf die Art der Krankheit gibt, wirkt der Luftschutzwart fast erleichtert.

So heldenhaft Eva agiert, so groß sind ihre Ängste. Man muss erlebt haben, denkte sie, wie es ist, wenn in der Nähe Bomben einschlagen. Man muss dieses schauerliche Pfeifen gehört, diese gewaltsamen Luftverschiebungen gespürt haben, um zu ahnen, was Menschen dabei empfinden. Früher ist Eva in den Keller gegangen und hat gehofft, dass das Haus und ihr Schützling dort oben verschont bleiben mögen. Jetzt ist ihr die Vorstellung, Walter allein zu lassen, unerträglich geworden.

Die frühen Morgenstunden verbringt Eva meistens mit der Suche nach Lebensmitteln und Brennmaterial. Sie hat längst diesen besonderen Sinn dafür entwickelt, ob und wo demnächst Maisbrot oder Feigenkaffee oder Seife angeliefert wird. Auf die Karten bekommt man jetzt fast nie das darauf Vermerkte, man darf nicht heikel sein und muss sich außerdem mit dem Verteilungspersonal gut stellen.

Im Sommer war es leichter gewesen. Da radelten noch vor Tagesanbruch Frauen und Jugendliche zu den Schrebergärten oder ins Umland von Wien, füllten ihre Rucksäcke bei den Kleingärtnern und Bauern und verkauften dann Gemüse, Kartoffeln, manchmal auch Eier oder Speck an die Städter oder tauschten es gegen Wertgegenstände ein. Je länger der Krieg dauerte, umso wichtiger war es, selbst einen Bauern zu kennen oder jemanden, der möglichst wenige Mittelsmänner hatte. Spätestens seit dem zweiten Kriegsjahr waren die Ansprüche der Menschen sehr bescheiden geworden. Es spielte jetzt keine Rolle mehr, ob ein Krautkopf zur Hälfte verfault war oder ob ein verschrumpelter Erdapfel weniger wog als seine Triebe.

Wöchentlich einmal wird in der Zeitung verkündet, welche Nahrungsmittel durch andere, meist minderwertigere ersetzt werden. Eva muss aber zwei Menschen ernähren, und so beginnt sie, einst die Moral in Person, zu stehlen. Es fängt mit den trockenen, steinharten Haferkeksen an, die zur Bibelstunde serviert werden und von denen sie heimlich ein paar einsteckt. Die eine oder andere Lebensmittelspende, die Gemeindemitglieder für Bedürftige oder Verwundete abgeben, landet nicht vollständig am Bestimmungsort. Als Vertrauensperson des Chefs weiß Eva, wo er den Zweitschlüssel zu seiner Wohnung im dritten Stock verwahrt, und auch dort hat sie in der größten Not heimlich etwas fortgenommen. Ob der Professor etwas gemerkt hat? Er hat niemals ein Wort darüber verloren.

Immer wieder bringt Rieger, der als Einziger von Evas U-Boot weiß, etwas mit, ein Päckchen Erbsenpulver, Bohnen, ein paar Zwiebeln oder getrocknete Kräuter. Seine Schwester zieht Minze und Melisse in einem Schrebergarten auf der Alszeile, das wächst schnell und macht aus heißem Wasser zwar nichts Kalorienhaltiges, aber ein dampfender und wohlriechender Tee wärmt den hungernden Leib und die Seele.

26

Von einer Adresse im Südosten Londons kommt 1939 ein
Brief nach Buchlovice. Es gehe ihm gut, schreibt Karl, er habe
mehrere Österreicher hier getroffen und sogar die Aussicht
auf einen Job in der Textilfabrik. Eva schreibt mehrmals zurück, aber sie bekommt nie mehr eine Antwort.

Als Karl 1942 von Australien nach England zurückkehrt,
erreichen wiederum seine Briefe Eva nicht. Vorsichtigerwei-
se schickt er sie unter falschem Namen an einen Freund in
Prag mit der Bitte um Weitergabe. Da lebt Eva schon längst
in Wien und hat keinen Kontakt mehr zu den früheren Genossen. Die Briefe gehen mit dem Vermerk »Unzustellbar«
zurück an den Absender, sie erreichen Karl in Manchester,
wohin er nach dem Australien-Abenteuer gereist war, weil
sich dort eine Art Zentrum für Emigranten gebildet hat und
es ihn zu Seinesgleichen zieht. Eine ist unter ihnen, mit der
er sich anfreundet. Edith Schlesinger hat – wie auch Karls
Familie – im neunten Bezirk gewohnt. Ihr britisches Einrei-
sedokument trägt den Datumsstempel *13. März 1939*, sie hat
ihre Heimat kurz vor dem ersten Jahrestag des »Anschlus-
ses« verlassen, fast zeitgleich mit Karls Flucht aus Prag. Sie
lässt alles zurück: ihre Wohnung in der Servitengasse, eine
alte Mutter, zwei jüngere Schwestern und eine gut gehende
chemische Reinigung in der Liechtensteinstraße, die sie seit
Jahren eigenständig führt. Ihr Vater lebt nicht mehr. Nur
der Zweitältesten, Wilma, gelingt im Juni 1938 die Flucht
nach Nordirland und später weiter nach Indonesien. Die

britischen Behörden prüfen genau, welche Fähigkeiten die Flüchtlinge mitbringen, welche Arbeitskraft man brauchen kann und welche nicht. Die Schwestern planen später in Briefen immer wieder eine Zusammenkunft. Dazu wird es nicht kommen. Beide tragen schwer an einer Schuld: Wir haben die zwei Kleinen und die Mutter im Stich gelassen, sie sind tot und wir leben.

Gemeinsam pflegen Edith und Karl Erinnerungen, singen Heurigen- und Arbeiterlieder und machen einander die Einsamkeit und das Heimweh erträglicher. Sie heiraten im Februar 1945 im Rathaus von Manchester. Edith ist vierundvierzig, Karl einundfünfzig Jahre alt.

Fast auf den Tag genau wird eine andere Ehe im fernen Wien geschlossen. Die dreiundvierzigjährige Eva und der neunundvierzigjährige Walter heiraten heimlich im Versteck. Während es in Manchester eine bescheidene Feier gibt, eine Heiratsurkunde und zwei Trauzeugen, gibt es in Wien außer dem Brautpaar nur den Geistlichen. Als Hans Rieger die Hände des Paares ineinanderlegt, schluchzt Walter unwillkürlich auf. Seine Mutter war ihm plötzlich vor Augen gestanden.

Die heimliche Trauung findet an einem Dienstag in Evas Küche statt, in der Mittagspause. In der Mitte des Raums sitzen Eva und Walter nebeneinander auf Stühlen. Beide sind körperlich gezeichnet, Eva von der schweren Grippe, Walter von den Tagen ohne Nahrung und Wasser. Hans Rieger steht vor ihnen. Er hat sich einen kurzen weißen Schal umgelegt und liest einen Psalm aus der Bibel. Dann vollführt er die Trauungszeremonie und erklärt, dass es sich um matrimonium conscientiae handle, eine heimliche, nicht vor einer Gemeinde und ohne Zeugen geschlossene Ehe, die zwar nicht vor dem Staat, wohl aber vor Gott gültig sei und nachträglich auch von Amts wegen anerkannt werden könne. Während sie den Worten des Geistlichen lauschen, ist Evas Gesicht verschlossen, fast trotzig. Sie presst die Lippen zusammen und blickt unausgesetzt in Riegers Gesicht. Sie kann die Anwesenheit ihres Geliebten nicht spüren, er muss mit seinen Gedanken anderswo sein. Auch ihre eigenen Gedanken schweifen ab. Wessen Idee ist das eigentlich gewesen?, fragt Eva sich. Ich habe zuerst davon gesprochen, fällt ihr ein. Ist es eine gute Idee gewesen, Walter zu heiraten, einen Mann auf der Flucht, der im Grunde gar nicht existiert? So ohnmächtig hatte ich mich gefühlt, erinnert sie sich an das nur wenige Tage zurückliegende Gespräch. Die Krankheit und all der Wahnsinn rundherum haben mich geschwächt. Und als wir dann von einer ehelichen Verbindung gesprochen haben, waren wir wie Kinder erstaunt darüber, wie feierlich ernst es uns damit ist, da war alles plötzlich wieder da, diese innere Kraft, dieser Trotz, dieser starke Wille. Es hat sich einfach richtig angefühlt.

Die Frage, warum ausgerechnet ihr, die noch vor gar nicht langer Zeit Ehe, Religion und Kirche vehement abgelehnt hat, es jetzt so wichtig und richtig erscheint zu heiraten, stellt sie sich nicht mehr. Dass Glauben jeder Art – sei es an Erdgeister oder Himmelsgötter – genauso hinter Keller- oder Schlafzimmertüren gehört wie ein heimliches Besäufnis oder ein Liebesakt, dieser Meinung ist sie nach wie vor. Sie will nicht verleugnen, was ihr früheres Leben ausgemacht hat. Aber es ist jetzt auch Platz für anderes.

Rieger hatte schon damals, im Gefängnis, davon gesprochen, dass das Menschenbild von Gerechtigkeit, Friede und Solidarität im Christentum ebenso begründet liege wie im

Sozialismus oder im Kommunismus; dass aber das Christentum die friedliche Form der Umsetzung gewählt habe, während die anderen den Weg der Gewalt einzuschlagen bereit waren und sind. Ihre früheren Genossen hatten sich allesamt abgewendet in ihrer schwersten Zeit, während ein Kirchenmann sich zugewendet hat. So einfach ist das gewesen mit dem Gesinnungswandel – der im Grunde doch gar keiner ist, beharrt Eva vor sich selbst.

Erst als der Pfarrer das Paar auffordert, sich einander zuzuwenden und ihre Gaben auszutauschen, tauchen beide aus ihren Gedanken und schauen einander in die Augen.

Weil Ringe fehlen, schenken die Brautleute einander einfache Gegenstände. Walter gibt Eva ein Lesezeichen mit gepressten Wiesenblumen und einem selbst verfassten Gedicht. Eva überreicht Walter einen gestrickten Schal.

Ich weiß noch so wenig über diesen Mann, denkt Eva in diesem Moment, aber ich will nicht mehr ohne ihn sein.

27

Walter erlebt durch seine gesamten Kinder- und Jugendjahre hindurch, wie ein Bruder nach dem anderen die Familie und das Land verlässt. Der Neunjährige besucht die Bürgerschule. Da geht Anfang 1905, wenige Monate vor dem plötzlichen Herztod des Vaters, der Drittälteste, der achtzehnjährige Otto nach England. Otto hat nach Abschluss seiner Lehre als Servierkellner und Hilfskoch im mondänen Restaurant von Paul Hopfner in der Kärntner Straße im Zentrum von Wien etwas Berufserfahrung gesammelt. Jetzt fährt er – über Vermittlung von Vaters ehemaligem Kompagnon, der gute Beziehungen hat – nach London, um sich als Kellner im Hotel Mansion Geld für eine Schiffspassage nach den Vereinigten Staaten zu verdienen, und um ordentlich Englisch zu lernen. Otto fehlt beim Begräbnis seines Vaters im Sommer. Nach drei Jahren, im Juni 1908, ist es so weit. Er schifft sich auf der »Pretoria« ein, im Gepäck ein Schreiben des New Yorker Hoboken Meyers Hotels, das ihm eine Anstellung zusichert. Otto erlebt den amerikanischen Traum, macht den Aufstieg vom Kellner zum Besitzer mehrerer Restaurants, die zu den angesagtesten im damaligen New York gehören werden.

Ottos um ein Jahr älterer Bruder Alfons – auch er hat eine Lehre als Koch gemacht – holt sich in Tetschen-Bodenbach nach der Lehre erste Berufserfahrung im besten Hotel am Platz. Die Stadt an der Elbe gilt als Zentrum der »Böhmischen Schweiz« und beherbergt anspruchsvolle Gäste aus aller Welt. Der Plan war, möglichst viel zu lernen und danach ins Geschäft des Vaters einzusteigen. Dieser Plan zerschlägt sich mit Ludwigs unzeitigem Tod. Alfons kündigt seine Stellung, um bei der Stiefmutter und den jüngeren Geschwistern zu sein. Es braucht einen Mann im Haus, und Alfons fühlt sich dazu verpflichtet. Er findet sogleich eine Anstellung in einem Hotel im ersten Bezirk und bezieht eine Garçonnière ganz nah bei Aloisias Wohnung. Aber seine Pläne sind nur aufgeschoben.

Ein paar Jahre bleibt Alfons, der »Böhme«, bei seiner Familie, dann endlich kann er seinen Traum verwirklichen. Die Jüngsten sind aus dem Gröbsten heraus, haben die Schule beendet. Und so geht er 1910 nach Hamburg und arbeitet zwei Jahre als Küchenchef in einem der feinsten Hotels. Dann schiffte er sich nach New York ein. Er wird es leichter haben. Sein Bruder Otto, der »Engländer«, der sich schon gut etabliert hat, erwartet ihn. Und Alfons kommt nicht mit leeren Händen. Auf dem Atlantik, während der Überfahrt auf der »S.S. Imperator«, hat er interessante und – wie sich erweisen soll – geschäftlich nützliche Bekanntschaften gemacht. Fritz Winold Reiss heißt der eine, Oscar Wentz der andere. Die drei jungen Männer schmieden hochfliegende Pläne für ihr Leben in der Neuen Welt. Aus der alten Welt bringen sie ihr Talent, ihren Ehrgeiz, ihre gute Ausbildung, ihre Energie mit. In New York angekommen lautet ihr erster Auftrag, die Inneneinrichtung für Ottos Restaurant zu entwerfen. Ihr europäischer, am Jugendstil orientierter Geschmack begeistert die Amerikaner, und die drei Freunde machen sich in der Folge einen guten Namen in der Branche. Die Idee ist das Restaurant als Gesamtkunstwerk. Die Qualität, der Geschmack der Speisen und die Erlesenheit des Ambiente sollen einander harmonisch ergänzen. Später kreieren die Brüder auch noch eine Schokoladenmarke, die sie in einem eigenen

Laden verkaufen, vor dem sich manchmal eine Menschenschlange bildet.

Die Nachrichten, die per Luftpost aus New York in die kleine Wohnung in der Christophgasse im fünften Wiener Bezirk flattern, klingen so märchenhaft, dass der kleine Walter den Entschluss fasst, unbedingt später auch nach Amerika zu gehen. Er besucht, zusätzlich zum Unterricht in der Schule, nachmittags einen Englischkurs, den er vom eigenen Taschengeld bezahlt. Dass aus dem Bubentraum nichts wird, hat wohl mehrere Gründe. Zum einen ist Walter von seinem Charakter her nicht der Draufgänger, keiner, der Risiken eingeht, der Spaß an Experimenten hat. Zum anderen ist da die alte Mutter, und er ist der letzte Mann im Haus. Als die Schulzeit zu Ende geht, zeichnet sich für ihn allmählich eine andere Zukunft ab. Seine Berufswahl ist zufällig. Das Gastgewerbe interessiert ihn nicht. Eher denkt er an Lehrer, Mediziner oder Apotheker. Für einen zweiten »Studierten« reichen aber Aloisias Mittel nicht aus. Walter macht eine Ausbildung zum Drogisten. 1920 erhält er sein Diplom und einen Posten an der Österreichischen Heilmittelstelle. Er findet Gefallen an seinem Beruf.

Er möchte beweisen, dass er – trotz seiner leichten körperlichen Behinderung – ein wertvolles Mitglied der Gesellschaft sein kann, ein zuverlässiger Angestellter, das heißt: korrekt und fleißig. Drei, vier Jahre lang will er sich ganz dem Beruf widmen, sich unter Vorgesetzten und Kollegen Respekt verschaffen und die nötige Routine bekommen. Danach könnte er wohl beginnen, sich eine Ehefrau zu suchen, bei den Tanzabenden etwa, die der Leseklub regelmäßig veranstaltet. Oder bei den geselligen Zusammenkünften und Ausflügen der evangelischen Gemeinde, an denen er seit seiner Gymnasialzeit regelmäßig teilnimmt. Nicht, dass Walter besonders gläubig wäre. Aber als junger Mann, der nach Orientierung sucht, findet er es anregend, im Kreis von Gleichgesinnten zu sein, zu diskutieren und zu philosophieren. Daheim wird nicht viel gesprochen, schon gar nicht über Politik. An seine leiblichen Eltern hat Walter, als Jüngster, fast keine Erinnerung. Die Katholikin Aloisia hat sich bei der Eheschließung mit Walters Vater dazu verpflichten müssen, die Kinder im protestantischen Glauben unterweisen zu lassen. Sie begleitete Mann und Kinder manchmal zum sonntäglichen Gottesdienst in die Dorotheerkirche, der um zehn Uhr beginnt. Da hatte sie bereits die katholische Frühmesse um sieben Uhr besucht. Als »Mischehefrau« durfte sie an der Kommunion nicht teilhaben, und so saß sie in einer der hintersten Reihen und atmete diesen besonderen Geruch. Hier war ihr einfach alles vertrauter, heimeliger, feierlicher als bei den nüchternen Gottesdiensten der Evangelischen. Sie bleibt dem Gott ihrer Kindheit heimlich treu. Als Witwe darf sie dann auch wieder in den Schoß der katholischen Kirche zurückkehren.

Walters Brautsuche will nicht so recht in Gang kommen. Ob das an seiner Schüchternheit liegt? Ob er einfach zu lang gewartet, es sich bei seiner Mutter ganz kommod eingerichtet hat? Oder ob er sich vor der Verantwortung drückt? Ist es die Vorstellung, sich nach einem langen Arbeitstag auch am Abend einer Verantwortung stellen und einer Ehefrau und später Kindern zur Verfügung stehen zu müssen? Dass die Pflichterfüllung sich nicht nur über den Tag, sondern in den Feierabend und jede freie Stunde, bis in die Nacht erstrecken würde, schreckt ihn ab. Walter hält sich für einen modernen Mann, seine Frau soll nicht nur die Versorgerin seines Alltags sein, sondern Gefährtin und Gleichgesinnte. Das müsste schon ein besonderer Mensch sein, mit dem es sich leben ließe, und diesen Menschen gilt es erst noch zu finden.

Manche Tanzabende gestalten sich quälend. Immer wieder ist da die eine oder andere junge Frau, die Walter zu verstehen gibt, dass sie die kleine Narbe an seiner Oberlippe nicht störe, dass ihr sein stilles Wesen gefalle, und ob er wohl manchmal einen Ausflug plane, dann könnten sie doch einmal gemeinsam etwas unternehmen?

Adele ist ausnehmend hübsch, sportlich, dunkelhaarig mit hellgrünen Augen und anmutigen Bewegungen. Sie hat eine warme Singstimme, und sie hat einen Beruf, arbeitet als Kinderkrankenschwester in einem privaten Wiener Sanatorium. Die beiden sind von ihrem Charakter her ganz verschieden. Sie ist quirlig, lacht viel und sagt ihre Gedanken frei heraus. Einige Wochen hindurch unternehmen sie und der ernste junge Mann gemeinsam Ausflüge, verabreden sich im Kaffeehaus, besuchen Konzerte und Ausstellungen. Oft beschließen sie die gemeinsame Unternehmung mit seinem Besuch auf ihrem Zimmer, das sie zur Untermiete bewohnt. Eines Tages – sie sind Eislaufen gewesen – wärmen sie sich hier auf, und diesmal geht Walter nicht gleich nach dem Tee wieder nach Hause.

Sie werden einander vertraut, und Walter genießt die körperliche Nähe zu einer Frau, wie er sie bislang nicht kannte. Von Heirat sprechen sie nicht, aber Walter weiß, dass Adele auf seinen Antrag wartet. Sie ist modern eingestellt, aber dass eine so innige Beziehung wie diese nicht in eine Ehe münden könnte, ist für sie nicht vorstellbar. So genießt Walter die Zweisamkeit, hat aber das ständig wachsende Gefühl, ihr etwas schuldig zu bleiben.

Nach zwei Jahren stellt sie ihn vor eine Entscheidung. Walter ist fast erleichtert und lässt sie gehen. Sechs Monate später ist Adele mit einem angehenden Arzt verheiratet.

Die Zeit der politischen Unruhen Mitte der dreißiger Jahre in Wien und später der Anschluss Österreichs an das Deutsche Reich gehen an Walter vorüber, als hätte all das nichts mit ihm, seiner Familie oder seiner Arbeit zu tun. »Für Politik interessiere ich mich nicht«, lautet der Gemeinplatz, »für mich gelten christliche Werte, nach denen sollen die Menschen leben. Das versuche ich.« Später schämt er sich seiner Ignoranz. Ja, Ignoranz, nicht Ahnungslosigkeit. Vom Kriegsdienst war er aufgrund seiner Behinderung befreit, jedoch hätte er auch in der Heimat genug sehen können, hätte er die Augen aufgemacht.

Im Sommer 1938 ziehen gleich zwei Familien aus seinem Wohnhaus fort. Walter muss sich einen neuen Zahnarzt suchen, weil der alte die Ordination über Nacht ohne jede Erklärung zusperrt. Auch der Rechtsanwalt, der im Stockwerk über der Kanzlei in der Schellinggasse wohnt und arbeitet, wandert eines Tages mit Frau und den beiden fast erwachsenen Töchtern aus. Die Tante, die als Sprechstundenhilfe für ihn tätig war, bleibt als Einzige der Familie zurück, aber nicht lange. Die Wohnung wird ihr zu groß gewesen sein, so wird sich die alte Frau etwas Kleineres gesucht haben, vermutet Walter. Zwei Kollegen in der Heilmittelstelle werden versetzt, obwohl sie eigentlich noch zu jung sind für eine Beförderung. Der Abteilungsleiter nennt keinen Grund, aber es fragt auch niemand nach, wohin sie denn gegangen seien. Dass diese Leute jüdisch sind, und dass ihre plötzliche Abwesenheit damit zusammenhängt, wird Walter erst später bewusst. Auf Fragen nach seinem eigenen, jüdisch klingenden Familiennamen reagiert er empört, erwägt sogar, einen Antrag auf Namensänderung zu stellen, wie so manche in dieser Zeit, die es unzumutbar finden, als Arier einen Namen tragen zu müssen, der ihnen – trotz schriftlicher Nachweise – womöglich eine Karriere verpatzt.

Die Erkenntnis kommt überraschend und krempelt Walters Weltsicht um. Sein Bruder Leo, der »Seefahrer«, jener unter seinen Geschwistern, mit dem Walter sich am engsten verwandt fühlt, macht sich im März 1940 gemeinsam mit seiner Frau auf die Überfahrt nach Amerika. Leo verlässt seine Heimat nicht freiwillig, wie einst seine älteren Brüder, sondern als Flüchtling. Das Gau-Sippenamt hatte die jüdische Abstammung seiner Ehefrau attestiert und ihm eine Scheidung dringend ans Herz gelegt. Die Brüder in Amerika sind alarmiert, schließlich ist auch Leo jüdisch. Rasch lassen sie sämtliche Beziehungen spielen und besorgen die notwendigen Papiere. Leo und Marie reisen ab. In Wien lassen sie alles zurück, Wohnung, Freunde, Einkommen – auch Leo war in der Branche des Vaters geblieben und führte ein kleines Restaurant, das er auf einen seiner arischen Angestellten überschreibt, mit großem finanziellen Verlust. Das Paar ist kinderlos. Er geht bereits auf die fünfzig zu, spricht nur wenig Englisch, leidet in New York schwer unter Depressionen und nennt es Heimweh. Leo wird die amerikanische Karriere nicht mehr gelingen.

Da erst fragt Walter sich, wie es wohl um seine eigene Herkunft steht. Er denkt zum ersten Mal darüber nach, ob es von Bedeutung sein könnte, dass seine Großeltern Leopold und Theresia bis zum Jahr 1846 noch andere Vornamen trugen, bevor sie sich und ihre Kinder katholisch taufen ließen. Davor waren sie jüdischen Glaubens. Wie weit zurück gelten diese Rassengesetze? Andererseits: Man müsste zuerst einmal eine Verbindung herstellen zu diesen Vorfahren. Denn – mit welchen Mitteln auch immer – es ist Aloisia gelungen, die Stiefkinder als ihre eigenen und somit als »Halbjuden« auszugeben. In sämtlichen Anträgen und Formularen hat Aloisia sich nach dem Tod ihres Mannes Ludwig Baumgarten im Jahre 1905 stets selbst als Mutter angegeben. Ob der Brand des Justizpalastes eine Rolle spielte, bei dem viele Dokumente der Wiener Bevölkerung vernichtet wurde, oder die Unachtsamkeit eines Beamten? Nicht einmal die eifrigen Ahnenforscher im Dienste der Nazis hegen zu dieser Zeit einen Verdacht. Erst Jahre später nehmen die Schnüffler eine Spur auf. Und sie werden nicht mehr davon ablassen.

Leo, Walters Lieblingsbruder, ist also fort. Seit einem halben Jahr tobt irgendwo in Europa ein Krieg, der Wien nicht zu berühren scheint. Die Sache mit Leos Frau lässt Walter die Dinge um sich herum plötzlich anders sehen. Er zieht Schlüsse, stellt Verbindungen her, ein Misstrauen regt sich, eine Sorge um sich selbst und um seine Geschwister. Im Bibelkreis hört er anders zu, er wird empfänglich für das zwischen den Zeilen Gesagte.

Der letzte Bruder, der das Land verlässt, ist der Älteste, Wilhelm, der »Studierte«. Freunde beschaffen ihm im September 1940 eine gefälschte Einladung zu einem internationalen Kongress in Italien. Der Trick gelingt, und Wilhelm kann von dort aus gemeinsam mit seiner Frau Valerie in die Vereinigten Staaten reisen. Er wird sich fortan William nennen. Bereits im Jahr 1938, gleich nach dem Anschluss, hatte ihn ein Ruf an die State University of North Carolina ereilt, jedoch konnte Wilhelm es damals einfach nicht glauben, dass er, der ehemalige Offizier und viel beschäftigte und geschätzte Architekt mit eigenem Büro, sich in Gefahr befinden könnte. Er konnte doch nicht einfach alles liegen und stehen lassen.

Spätestens jetzt ist Walter klar, dass auch er in Gefahr geraten könnte.

Als der Krieg 1944 seinem Ende entgegentobt, leben in der Zwei-Zimmer-Küche-Kabinett-Wohnung in der Christophgasse nur noch Aloisia und Walter. Vier Baumgarten-Söhne sind in Amerika. Einer ist im ersten Krieg gefallen. Die Spur eines weiteren führt nach Holland und verliert sich in Polen. Die jüngste Tochter Hilda ist verheiratet, kinderlos und lebt in Wien, die andere, Marianna, ist ihrem Verlobten nach Jugoslawien gefolgt, bald nach dem Anschluss im Sommer 1938. Jahre später kam noch eine Postkarte aus Italien, dann nichts mehr. Weil ihr Gefährte jüdisch ist, und weil jedes Lebenszeichen fehlt, ist die Sorge um sie groß.

Jetzt wäre für Aloisia der Zeitpunkt gekommen, ihren Pakt mit Gott einzulösen. Nach wie vor besucht sie die Sonntagsmesse, sie führt die Rituale aus, die ihre Religion verlangt, aber es fühlt sich an wie alte Gewohnheit, die Leidenschaft ist weg. Hat Gott sich von ihr entfernt, oder sie sich von ihm? Und so schiebt sie ihre Verlobung mit Christus weiter auf. Erst im Alter von dreiundneunzig Jahren wird sie sich bei der Letzten Ölung in seine Hände begeben. Das muss früh genug sein, denkt die alte Frau, die bis zuletzt Herrin ihrer Sinne bleiben darf, während der Priester ihr das Kreuzzeichen auf die Stirn macht.

Im Herbst 1944 ist Aloisia fünfundachtzig Jahre alt, ihr jüngster Stiefsohn Walter neunundvierzig, als der Schwindel auffliegt.

28

Die Schutzbundkinder erleben ihr Moskauer Exil ganz unterschiedlich. Manche haben – trotz der liebevollen Zuwendung – starke Sehnsucht nach ihren Familien und wünschen nichts mehr als eine baldige Heimkehr nach Österreich. Einige von ihnen leiden jahrelang an Bettnässen oder Stottern. Andere verstehen, dass es ihnen in der Heimat nicht so gut ergehen würde und finden sich ins Leben hier ein.

Nach den ersten drei guten Jahren sind im Kinderheim Nr. 6 erste Veränderungen zu spüren. Es beginnt mit der Verhaftung von Lehrern und älteren Schülern, dann erwischt es den Direktor und schließlich – die Kinder und Jugendlichen sind in den Sommerferien 1939 gerade wieder auf der Krim – wird das Heim aufgelöst. Einigen gelingt die Rückkehr nach Österreich, das jetzt Deutschland ist. Die anderen bleiben in Moskau. Die Älteren werden in Lehrlingsheimen, die an Fabriken angeschlossen sind, untergebracht. Dort müssen sie arbeiten, auch jene, die sich auf ein Studium vorbereitet hatten – der achtzehnjährige Slavko ist einer von ihnen. Die Jüngeren müssen jetzt öffentliche Schulen besuchen und werden auf gewöhnliche Kinderheime verteilt. Dort hält es Karli, inzwischen fünfzehn Jahre alt, nicht einmal eine Woche.

Er ist nun ein Straßenkind, ein Obdach- und Heimatloser. Aus dem Paradies vertrieben, ohne Kontakt zu den Eltern oder zum Bruder, treibt er sich in den Straßen von Moskau herum und schläft auf Dachböden. Dort ist es trocken und meist relativ warm. Bald kennt er die besten Plätze zum Schlafen und Verstecke für seine Habseligkeiten. Er weiß, wie man von einem Dach auf die Dächer der Nachbarhäuser gelangt und auf welchem Weg man am schnellsten abhauen kann, wenn die Miliz das Viertel nach Landstreichern durchsucht.

Für sein Alter ist Karli sehr klein und mager. Kriminelle erkennen sein Potenzial und machen es sich zunutze. Ihn hebt und schiebt man durch Kellerfenster und Oberlichte, damit er den Erwachsenen von innen öffnen oder Diebesgut herausreichen kann. Er ist das nützliche Mitglied einer Bande geworden. Er hat ein Einkommen. Er kann sich seine eigenen Zigaretten kaufen.

Wenn sie ihn erwischen, stecken sie ihn in ein Kinderheim. Er schläft sich ein paar Tage in einem richtigen Bett aus, nimmt ein heißes Bad, lässt sich einen Haarschnitt verpassen, Schuhe zuteilen oder einen Wintermantel. Dann läuft er wieder fort.

Und dann erwischen sie ihn mit siebzehn. Jetzt gilt er als erwachsen und noch dazu als Volksfeind. Hitler hat im Juni 1941 den Pakt mit Stalin gebrochen, und seine Wehrmacht hatte die Sowjetunion überfallen. Jeder »Deutsche« ist nun verdächtig. Es gibt kein Entrinnen, stattdessen nächtelange Verhöre und Anschuldigungen, als Spion ins Land geschickt worden zu sein, einmal als deutscher, ein andermal als japanischer. Dann wiederum soll er sich an einer sowjetfeindlichen Aktion beteiligt haben. Ohne jede Gerichtsverhandlung ein Urteil: Zehn Jahre Arbeitslager, verschärftes Regime.

In den meisten Fällen hat es nicht ausgereicht, Glück zu haben, Hunger, Kälte und Erniedrigung ertragen zu können, Krankheiten zu überleben, sich durchzuwurschteln oder eine Masen zu haben, wie die Wiener sagen. Karli hätte allein seiner körperlichen Konstitution wegen die kleinere Chance gehabt als sein älterer, gut gebauter Bruder. Slavko wurde nur einundzwanzig Jahre alt. Im Mai 1942 verhungerte er in einer Gefängniszelle.

Viele der Gefangenen führen ein Tagebuch. Als könnten sie sich damit des Irrealen des Lagerlebens versichern oder auch entledigen. Karlis Aufzeichnungen, die er bei seiner Rückkehr nach Österreich bei sich haben wird, beginnen mit einer Aufzählung der Lebensmittelrationen für Lagerinsassen.

»Die tägliche Ration bei 100-prozentiger Normerfüllung: 800 g Brot, 20 g Fett, 120 g Hafer, 30 g Fleisch oder Fisch, 27 g Zucker. Es dürfen Ersatzstoffe verwendet werden.« Bei uns gibt es nur Ersatz: Innereien, Fischköpfe, Knorpel, Sehnen und Haut von Tieren. Brot wird mit Kleie und Sägespänen vermischt, wird feucht, lässt sich auswinden.

Nach der Brotverteilung um vier Uhr Früh geht der Brigadier (einer, der schon länger als zwanzig Jahre einsitzt) zum Lagertor, um nach dem Thermometer zu sehen. Unter vierzig Grad müssten die Sträflinge nicht zur Außenarbeit. Heute hat der Tatare Stepan Dienst, da ist nichts Gutes zu erwarten. Der arbeitet für die Lagerverwaltung, die einen Plan zu erfüllen hat. Moskau zählt auf die Arbeitsleistung der Lager überall im Land, und die tiefen Temperaturen stören diesen Plan. Stepan tränkt einen Wattebausch mit Spiritus, stopft ihn ans untere Ende des Thermometers, zündet ein Streichholz an. Ob ich heute als Arbeitsverweigerer in den Isolator geh? Ein gemauertes Erdloch, wenigstens kein Wind. Andererseits: seit über sechs Monaten kein Zucker, und das Gerücht, heute gibt es eine Verteilung. Im Isolator kriegt man nichts ab.

… Doch kein Zucker. Einige haben Erfrierungen an Nasen, Fingern und Zehen. Wunden im Gesicht von Eisteilchen, die

der scharfe Wind in die Haut schießt, einige werden eitern.
Manchmal stehle ich eine Wollmütze mit Löchern für die Au-
gen, in der Nacht wird sie dann mir wieder gestohlen.

… Deutsche, Polen, Balten, Russen, Mongolen, Kaukasier.

Neider, Intriganten, Mitleidige, Diebe, Barmherzige, Hin-
terhältige.

Duckmäuser und Wortführer, Machtgierige und Speichel-
lecker, ehrenhafte Diebe und miese Verräter, Jammernde und
ewige Optimisten.

Der Hölle Entstiegene und biblische Gestalten: Luzifer, Ju-
das, Hure, Heiliger, Prophet, Märtyrer.

Viele Selbstmorde. Als Erste sterben die Intellektuellen, die
Politischen, die Religiösen und die mit den kurzen Strafen – die
vertragen Willkür und Erniedrigung noch nicht. Wer vier Mo-
nate überlebt, hat kapiert, verbraucht seine Kräfte nicht mehr
fürs Gekränktsein. Alle Kraft brauchst du fürs Überleben. Du
ersinnst Tricks und Methoden. Der Mensch ist des Menschen
Wolf. Als Einzelner hast du keine Chance. Du musst dich einem
Rudel anschließen.

Wer sich keiner Gruppe anschließt, bleibt ohne Schutz, der
hat schon verloren. Für mich, den physisch Schwachen, kom-
men nur die Stärksten infrage. Das Aufnahmeritual bei den
Kriminellen: ein Mord. Das Opfer wird bestimmt. Ich betrinke
mich gemeinsam mit ihm, dann gehen wir zur Latrine und ich
schneide ihm die Kehle durch.

29

In der Stadt ist der Teufel los. Richtige und falsche Gerüchte machen die Runde. Keiner kennt sich aus. Walter verlässt sein Versteck in diesen Tagen fast gar nicht. Der Hausbesorger ist wenige Tage vor der Kapitulation plötzlich verschwunden. Novak lässt seine Hausbesorgerloge überstürzt zurück, die aber nicht lange unbewohnt bleibt. Jeder noch so kleine Raum wird gebraucht. Im Haus Schellinggasse 12 tummeln sich viele fremde Menschen, mehrheitlich russische Soldaten, aber auch Flüchtlinge, Ausgebombte und so manch zwielichtige Gestalt.

Heute weiß man, dass der Krieg zu Ende war. In jenen Maitagen ist das nicht so klar. Es hat sich wohl etwas verändert, das bemerkten alle. Aber wie es weitergehen würde, was nächste Woche, morgen, in wenigen Stunden sein würde, konnte niemand vorhersagen. Verlässliche Informationen sind nicht zu bekommen, jeder behauptet etwas anderes, wem ist zu trauen? Eva hält es für das Beste, stillzuhalten und erst einmal scharf zu beobachten, was diese Unruhe in der Kanzlei, im Haus und in den Straßen zu bedeuten hat.

Ende Mai 1945 beschließen Eva und Walter, dass die Zeit fürs Auftauchen gekommen ist. Die erste Person, an die Eva sich wendet, ist ihre junge Kollegin und Mitstreiterin Irmi. Deren Reaktion auf die vermeintlich gute Nachricht kommt für Eva unerwartet. Irmi ist schwer enttäuscht über den, wie sie sagt, schweren Vertrauensbruch. Sie seien doch Gesinnungsgenossinnen, Freundinnen gewesen. »Das sind wir doch immer noch!«

»Nein, Eva, das sind wir jetzt nicht mehr.«

»Aber es war doch nur zum Schutz, auch zu deinem!«

»Das hätte ich selbst entscheiden müssen, findest du nicht?«
Es ist kein Herankommen an Irmi.

Walter steht ein sehr schwerer Gang bevor, und Eva wird
ihn begleiten. Ein Stück weit wenigstens.

Eines Nachmittags verlassen sie die zerbombte Innenstadt
und gehen zu Fuß Richtung Süden. Immer wieder müssen
sie Umwege machen, in einigen Straßen und Gassen liegen
hohe Trümmerhaufen. Über den Wienfluss ist eine schmale
hölzerne Behelfsbrücke gelegt, die Menschen warten in ei-
ner Schlange, es darf immer nur eine bestimmte Anzahl von
Personen passieren. Walter ist erleichtert zu sehen, dass das
Wohnhaus in der Christophgasse nur leicht beschädigt ist.
Drinnen bleibt Eva im Halbstock stehen. Sie blickt aus dem
Fenster in einen grauen Hof, sie fröstelt, ihr Puls geht schnell.
Walter steigt die restlichen Stufen hinauf, auch sein Puls rast.
Lange zögert er, bis sich sein Atem einigermaßen beruhigt
hat. Er dreht die Glocke. Aloisia öffnet. Sie fasst sich an den
Hals und schwankt. Walter streckt ihr seine Arme entgegen,
sie weist ihn mit einer entschiedenen Geste zurück. Beide
schweigen. Dann richtet sich die alte Frau hoch auf, blickt
ihm direkt in die Augen und sagt: »Mein Sohn ist leider verstorben, kommen Sie nicht wieder her.«

»Aber Mutter! Lass dir erklären.« Aloisia verliert ihre auf-
rechte Haltung wieder, an seine Schuhe gerichtet sagt sie
leise: »Ich hab so um dich getrauert, Walterl«, und schließt
ganz sanft die Tür. Walter drückt seine Stirn dagegen. Von
drinnen kommt kein Laut.

Ein halbes Stockwerk darunter steht Eva und spürt, dass
Walter jetzt nicht mit ihr zusammen sein kann. Sie geht allei-

ne los. Als Walter ihre sich entfernenden Schritte hört, wartet er noch eine Weile, dann geht auch er langsam die Stiegen hinunter.

An der Warteschlange vor der Brücke treffen sie wieder zusammen. Schweigend gehen sie nebeneinander her. Als sie in die Schellinggasse einbiegen, versucht Eva es mit »Sie ist erschüttert jetzt, das wird sich legen. Sie wird sich freuen, dass du lebst. Lass ihr Zeit.« Walter nickt.

Später richten die beiden sich zur Nacht. Der lange Weg und die Anspannung haben Eva erschöpft, sie spürt wieder diese Taubheit entlang ihrer linken Körperseite. Walter hat immer noch kein Wort gesprochen. Sie bereitet Tee zu und stellt zwei Schalen auf den Küchentisch, wie jeden Abend. Endlich sagt Walter etwas. Seine Stimme ist rau: »Sei mir nicht bös, Eva, ich würde gerne drinnen schlafen, nur heute.« Wortlos nimmt Eva seine Schale und trägt sie ins Versteck. Die Tapetentür ist jetzt immer unverriegelt. Walter hat von seinem erfolglosen Versuch berichtet, während ihrer Krankheit die Tür von innen aufzubrechen, ohne Lärm zu machen oder größeren Schaden anzurichten. Eva bereitet die Vorstellung, wie das gewesen sein mag, Beklemmungen, und sie hat die Klinke ganz hinten in der Küchenschublade verstaut.

»Ich hab dir ein Bettzeug hingelegt«, sagt sie, und: »Ich muss noch einmal kurz in die Kanzlei. Gute Nacht, Walter.« Im Vorbeigehen streicht sie sanft über seinen Oberarm. Kaum hat sie die Wohnungstür hinter sich zugezogen, verliert sie die mühsam gehaltene Fassung. Sie hat lange nicht mehr geweint. Sie betrauert vieles: ihre Ohnmacht, ihre verlorenen Kinder, Walters Schmerz.

***

Anfang Juni 1945. In der Kanzlei herrscht jetzt reger Betrieb. Evas Chef empfängt und wird empfangen. Die kirchlichen Einrichtungen sind damit beschäftigt, ihre Strukturen wieder aufzubauen. Das muss rasch passieren. Wer jetzt nicht fordert und Raum nimmt, wird es später viel schwerer haben. Beide großen Kirchen arbeiten an ihrer Geschichte, so manches wird verschwiegen, vergessen, umerzählt. Einen Ruf gilt es wiederherzustellen.

Irmi kommt in einer dienstlichen Angelegenheit. Eva überreicht ihr ein in braunes Papier gewickeltes Päckchen. »Das haben Walter und Richard von einem Ausflug aufs Land mitgebracht. Lass es dir schmecken.« Irmi, die sehr förmlich geworden ist, nimmt es mit einem höflichen »Vergelts Gott« an und erkundigt sich nach Richard Blochs Gesundheit. Bald nach der Befreiung ist der Witwer in der Kanzlei aufgetaucht. Wenige Tage nach dem Tod seiner Frau hatte ihn Hans Rieger ins Sanatorium nach Salzerbad gebracht und mit den Papieren eines Blinden versehen, der dort gepflegt worden und verstorben war. Keiner der Beteiligten hat jemals ein Wort darüber verloren, was mit der Leiche seiner Frau Elsa geschehen war. Richard Bloch hat nie nach einer Grabstelle gefragt. Jetzt haben er und Walter sich zusammengetan und unternehmen Beutezüge ins Umland. Die Männer haben ein gesteigertes Bedürfnis nach Bewegung entwickelt, die langen Fußwege scheinen sie nicht zu ermüden.

Eva spürt schmerzlich die Distanziertheit ihrer Freundin. »Irmi, du kommst doch zu unserer Hochzeit nächsten Sonntag? Allzu üppig wird der Tisch nicht werden, aber Walter und Richard sind jetzt schon den zweiten Tag unterwegs. Sie werden schon was auftreiben. Kommst du?«

»Mal sehen.«

Nicht nur ihre U-Boote hat sie vor mir verheimlicht, denkt Irmi – das hätte ich ja noch verstehen können. Über ihre ganze Vergangenheit hat sie mich belogen – inzwischen hat sie von Evas Söhnen gehört. Im Grunde hatte ich es mit einer völlig anderen Person zu tun gehabt. Welche ist denn jetzt eigentlich die echte Eva?

***

Irmis Platz an der Hochzeitstafel bleibt leer. Sie hat sich mit einer Karte höflich bedankt und dem Brautpaar alles erdenklich Gute gewünscht. Sie hat bei den Vorbereitungen mitgeholfen, ist dann aber mit der Ausrede, sie müsse einen dringenden Besuch bei der Verwandtschaft machen, der Einladung nicht gefolgt.

An einem Donnerstag im Juni lassen Eva und Walter ihre heimlich geschlossene Ehe amtlich bestätigen und danach in der evangelischen Stadtkirche in der Dorotheergasse segnen. Hans Rieger bezeugt vor dem Standesbeamten die Umstände, und so gilt diese so genannte Notehe rückwirkend mit jenem Datum im Februar. Am Sonntag darauf, einem der ersten richtig warmen Sommertage, haben sich an die zehn Menschen in einem der größeren Räume in der Kanzlei eingefunden. Sie tragen ihre besten Kleider. Auf dem Tisch, der sonst dienstlichen Zusammenkünften dient, steht ein Topf mit heißer Bohnensuppe, daneben liegt ein Laib echten Roggenbrots. Als Hochzeitsgaben steuern die Gäste Lebensmittel bei, und so liegen allerlei Köstlichkeiten neben der Vase mit den Wiesenblumen. Den Strauß hat Walter am Morgen selbst gepflückt. Man möchte nicht glauben, welche Pracht aus den Spalten und Ritzen zwischen den Trümmern der

Stadt hervorsprießt. Rieger, der auch schon die heimliche Trauung vorgenommen hat, spricht zu der Runde. Von Freude und Erleichterung nach dunklen Zeiten spricht er, von Freiheit und von der Liebe, die am Ende stärker sei als der Tod. Die Stimmung ist fröhlich, später beinahe ausgelassen – die Flasche selbst gebrannter Slivovitz, die jemand einem Bauern abgekauft hat, trägt das Ihre dazu bei. Es hat so lange nichts mehr zu feiern gegeben! Nur das Brautpaar ist auffallend still. Man schreibt das der Aufregung zu, die so ein Tag mit sich bringt. Nach dem Kaffee – echte Bohne! – macht die Hochzeitsgesellschaft einen kleinen Spaziergang zum nahe gelegenen Stadtpark. Man füttert die Enten mit den Resten des Mahls und hält die blassen Gesichter in die Sonne. Beim Anblick der ausgelassen spielenden Kinder wird es Eva schwer ums Herz. Sie rechnet wieder einmal nach, wie alt ihre Buben jetzt sind – jedenfalls keine Kinder mehr. Aber sie schöpft auch neue Hoffnung: Der Krieg ist vorbei, die Karten werden neu gemischt, da muss es doch endlich bald das Wiedersehen geben!

Schließlich geht man auseinander, es werden Hände geschüttelt, man wünscht der jungen Ehe noch einmal Glück und Segen. Zurück in der Kanzlei, räumen die beiden auf, spülen das Geschirr, stellen die Sessel zurück an ihre Plätze, und als es Abend geworden ist, merkt man den Amtsräumen nichts mehr an. Der Alltag kann Einzug halten. Ein neues Leben kann beginnen.

Das Ehepaar legt sich früh zu Bett. Still sind beide, müde. Der Tag war laut. Mitternacht ist schon vorbei, als Walter, der keinen Schlaf finden kann, sich erhebt und leise ins Versteck huscht, in dem er immer wieder einmal eine Nacht verbracht hat, nachdem seine Mutter ihn abgewiesen hatte.

Er hat ihr eine Einladungskarte zu seiner Hochzeit geschickt. Aloisia hat nicht geantwortet.

***

Die Wochen nach Kriegsende spielen sich wie in einem Niemandsland ab. Allerorten herrscht Orientierungslosigkeit. Niemand weiß, wer wofür verantwortlich ist, und öffentliche Zuständigkeiten – so überhaupt vorhanden – wechseln laufend. Zeitungen gibt es seit April 1945 nicht mehr, in Wien wird erst Ende September wieder eine erscheinen. Seit Juni kommt an jedem Samstag die *Badener Zeitung* unter der Leitung der sowjetischen Kommandantur heraus, und wem es gelingt, ein völlig zerlesenes und meistens veraltetes Exemplar zu ergattern, der schätzt sich glücklich.

Wetterberichte gibt es seit Jahren schon nicht mehr, aus kriegstaktischen Gründen. Die Menschen in Wien erfahren alles Wichtige aus dem Radio, durch Aushänge an Häusern und Bäumen, aus den Durchsagen der Lautsprecherwagen oder vom Hörensagen. Auch darum sind viele Leute auf den Straßen – wer sich nicht umschaut, umhört, auf die Suche geht, weiß von nichts und ist im Nachteil.

Unter den neuen Bewohnern der Schellinggasse 12 sind auffallend viele alte Frauen. Sie tragen mehrere Schichten zerlumpter Kleider übereinander, haben Kopftücher umgebunden und gehen leicht gebeugt. Ihre erstaunlich jung aussehenden, mit Ruß verschmierten Gesichter halten sie gesenkt, und sie verlassen das Haus nur, wenn es unbedingt nötig erscheint.

In den Räumen der seit Jahren leer stehenden Imbissstube im Parterre ordiniert zweimal wöchentlich ein Zahnarzt. Was er an Instrumenten besitzt, trägt er wie einen Schatz in einem Koffer ständig mit sich. Die Warteschlange wird immer länger, je mehr es sich herumspricht.

Man munkelt, dass der Hausbesorger Novak sich nach Oberösterreich durchgeschlagen habe. Jenseits der Enns sind die Amerikaner die Besatzungsmacht, und vor denen fürchten sich viele Nazis nicht so sehr wie vor den Russen.

Eva ist in ihrem Element. Sie läuft die verschiedenen Opferschutzeinrichtungen ab, die gerade im Entstehen begriffen sind. Ihr Gatte möge vorrangig und rasch eine Wiedergutmachung in Form einer beruflichen Perspektive erhalten. Er habe lange auf jegliche Einkünfte verzichten müssen und sei nur als U-Boot seiner sicheren Ermordung entkommen. Fast täglich spricht Eva bei der zuständigen provisorischen Behörde vor: und es gelingt.

»Walter, was sagst du!«, ruft sie ihm entgegen, als sie an einem schwülen Tag Ende August mittags nach Hause kommt und mit einem Blatt Papier wedelt. Beim Durchlesen werden Walters Augen feucht. »Kann das wirklich sein?«

»Aber ja! Schau doch, das Geschäft hat eine gute Adresse. Und die Zuteilung der Ware wird genauso klappen, wirst sehen. Es wird schon werden.«

Das kleine Ladengeschäft, das man Walter zugeteilt hat, liegt im dritten Bezirk, unweit seiner früheren Arbeitsstelle. Der gelernte Drogist soll dort mit Drogerie- und Parfümeriewaren handeln. Die Anlieferung eines Grundstocks sei bereits geordert, eine Auflistung liegt bei, die Rechnung sei erst zu begleichen, wenn die Ware verkauft sei. Der Zuweisungsschein nennt den 3. September, das ist der kommende Montag, als Datum der Schlüssel- und Geschäftsübergabe.

Alles wird jetzt endlich gut, denkt Eva. Wenn Walter sich

um sein Geschäft kümmern muss, wird ihn das ablenken von seinen schweren Gedanken. Er wird einen Sinn erkennen, warum er überlebt hat, während das Schicksal so vieler ungewiss ist, oder leider auch grausam gewiss. Schließlich wird Aloisia ihren Sohn wieder annehmen können, wird verstehen, wird, wer weiß, sogar froh sein darüber, was man ihr hat antun müssen, um sein Leben zu retten. Aber eines nach dem anderen. Walter ist also versorgt. Als Nächstes, und am allerwichtigsten ist jetzt, nach den Söhnen im fernen Russland zu suchen.

30

1967 schließt Eva ihr Jus-Studium ab. Sie ist jetzt sechsund-
sechzig Jahre alt, und das Dokument, das sie in einer feierli-
chen Zeremonie überreicht bekommt, schwenkt sie wie eine
Fahne. Es ist die Stunde ihres Triumphs. Sie hat es ihnen allen
bewiesen. Den Spöttern, den Zweiflern, den Missgünstigen,
vor allem aber sich selbst. Ihr Mädchentraum hat sich erfüllt.

Die Enkelinnen erleben ihre spröde Großmutter an diesem
Tag von einer ganz ungewohnten Seite. Diese Frau kann ausgelassen sein, sie lacht viel, stimmt ein Lied an, und sie trinkt
sogar ein Gläschen, als die Runde auf ihren Erfolg anstößt.

Später, als die Gäste gegangen sind, das Geschirr abgewa-
schen und alle Möbel wieder an ihren Plätzen, wird sie sen-
timental: »Du bist jetzt genauso alt wie mein Slavko damals,
als ich ihn das letzte Mal gesehen habe.« Die dreizehnjährige
Enkelin findet, dass es im Zimmer der alten Frau immer noch
so riecht wie früher, und dass es genauso düster ist, wie es das
Kind in Erinnerung hat. Die Großmutter holt etwas in wei-
ßes Seidenpapier Eingeschlagenes aus ihrem Kleiderschrank,
setzt sich dem Mädchen gegenüber auf die Bettcouch und
streicht mit ihren leicht gekrümmten Fingern immer wieder
sanft über das leise knisternde Paket in ihrem Schoß, während sie erzählt.

Wie sie eines Tages, in jenem Sommer 1934, nach dem
verlorenen Kampf der Arbeiter gegen den Faschismus, ihren Kindern alles Gewand einpackt, das sie besitzen. Zwar
möchte man gern an eine Rückkehr der Buben noch vor

dem Herbst glauben, an bloß ungewöhnlich lange Ferien, sie müssen schließlich weiter zur Schule gehen – der ältere, Slavko, hat sein letztes Schuljahr vor sich, danach wird er eine Lehre machen, vielleicht zum Buchhändler –, aber was ist in diesen Zeiten schon gewiss. Besser die Wintersachen mit in den Koffer tun. Die graue Wolljacke mit den Holzknöpfen, die seine böhmische Babinka für ihn gestrickt hat, mag Slavko nicht besonders. Ob die grobe Wolle kratzt? Oder ist sie ihm einfach zu unmodern? Mit seinen dreizehn Jahren ist er schon einer, der auf Eleganz achtet, der den Mädchen gefallen will. Seine Mutter muss ihn jedes Mal zwingen, die Jacke zu tragen, wenn man auf Besuch zur Babinka nach Buchlovice fährt. Darum ist sie nicht besonders überrascht, als Slavko sie bei seinem Vater in Prag »vergisst«, als die Kinder ihre Sachen für die Weiterfahrt nach Moskau packen, weil an eine Rückkehr nach Wien jetzt doch nicht zu denken ist.

Ihre Söhne waren fort, die Jacke ist ihr geblieben. Wenn die Enkelin – mit unbedingt vorher gewaschenen Händen! – Slavkos Jacke berühren darf, erspürt sie im Krausgestrick eine Art Landschaft mit Furchen, in denen sich etwas verbirgt, das sie nicht benennen kann. Weil ihr immer noch einige deutsche Worte fehlen, die exakt passen würden, übersetzt sie es mit dem russischen Wort für »traurig«.

Außer diesem traurigen Gewand, das die Großmutter so lange und durch alle Wirrnisse hindurch verwahrt hat, gibt es die leicht unscharfe Schwarz-Weiß-Fotografie eines Buben, aufgenommen im Freien. Die zusammengekniffenen Augen verraten, dass die Sonne scheint, die Kleidung, dass der Tag warm ist. Ein Gesicht voller Sommersprossen, die Haare frech zerzaust, der Mund setzt gerade zu einem Grinsen in die Kamera an.

Diese Fotografie steht im Bücherregal. Es ist ein Gegenstand nur so lange, wie die Großmutter nicht anwesend ist. Sobald sie das Zimmer betritt, wird daraus ein Zentrum, darum herum baut sich ein Raum, gefüllt mit Sehnsucht, Selbstvorwurf, Trauer.

Dieses sommersprossige Kind soll ein Onkel sein? »Du musst ihn dir so denken wie deinen Papa, nur mit rötlichen Haaren«, sagt die Großmutter. Und so versucht das Mädchen, sich diesen Kind-Onkel als älteren rothaarigen Mann vorzustellen, und es quält sie ein schlechtes Gewissen, weil es nicht gelingen will. Ähnlich erging es ihr im katholischen Kommunionsunterricht, den sie, obgleich Heidin, mangels anderer Nachmittagsbetreuung besuchte. Sie kann von der Oblate, dem angeblichen Leib des Herrn, nicht auf einen tatsächlichen Leib schließen. Lebendiges hat sich in Material verwandelt, ist eingefroren oder versteinert oder zu etwas nach nichts Schmeckendem geworden. Bar jeglichen Lebens, und doch Gegenstand einer Anbetung, Mittelpunkt eines Altars.

Eines Tages, Anfang der sechziger Jahre, als ihr Jüngerer, Karli, noch nicht lange aus Russland zurück ist, steht ein magerer Mann mit den tiefen Falten des Magenkranken im Gesicht vor der Tür. Slavko sei sein Mitgefangener im Lager von Ufa gewesen, er selbst sei als Spätheimkehrer erst seit wenigen Tagen wieder in Wien. Im Lager hätten sie sich angefreundet, auch weil beide aus dem gleichen Wiener Bezirk stammten. Als er ihn das letzte Mal gesehen habe, 1944, sei Slavko gerade auf die Krankenstation verlegt worden. Sie hätten einander versprochen, sich bei der Mutter des jeweils anderen zu melden. Aufgeregt bittet Eva den Mann herein, bewirtet ihn mit Kaffee und süßem Bischofsbrot, um das sie die Enkelin in die

Konditorei geschickt hat, und dann warten sie auf den von der Arbeit heimkommenden Sohn. Karli hört sich die Erzählung des Fremden an und reagiert misstrauisch, fragt ihn aus, kommt zu dem Schluss, dass er ihm nicht glauben will und schickt ihn fort. Eva ist noch lange böse auf Karl, weil sie so gerne an diese Geschichte geglaubt hätte.

Einem Schreiben des Roten Kreuzes weigert Eva sich, Glauben zu schenken: Ihr Sohn Slavko sei im Jahr 1941 der Spionage für Hitlerdeutschland überführt, verurteilt und im Moskauer KGB-Gefängnis durch Kopfschuss hingerichtet worden.

Einen Zeitungsartikel schneidet sie aus und bewahrt ihn auf: Es wird darin von einem Deutschen berichtet, der nach Sibirien verschleppt wurde und erst vor Kurzem vom längst zurückliegenden Ende des Zeiten Weltkriegs erfahren haben will.

Großmutters Geschichte über ihren verlorenen Sohn, die sie ihren Enkelinnen immer und immer wieder erzählte, ging so: »Euer Onkel Slavko ist vermisst. Er ist, wie auch euer Papa, in den Kriegswirren in ein Lager gekommen. Von dort wurde er später in ein anderes Lager im fernen Sibirien verlegt, und dort wissen viele Leute bis heute noch nicht, dass der Krieg lange vorbei ist. Vielleicht ist er schon auf dem Weg nach Wien, aber es ist ein sehr weiter Weg, und der kann dauern. Es ist auch ziemlich wahrscheinlich, dass er geheiratet und Kinder bekommen hat. Euer Papa hat ja auch eine russische Frau geheiratet.«

Das war etwas, was das Mädchen sich vorstellen konnte. Diesen unbekannten Cousinen und Cousins gab sie Namen, ein Alter und ein Gesicht und baute sie in ihre Geschichten ein, die sie sich selbst beim Einschlafen erzählte.

»Als ich erfahren habe, dass deine Mama und dein Papa ein
Baby bekommen werden, habe ich zu Gott gebetet, es möge
am gleichen Tag wie mein Slavko geboren werden und seinen
Namen bekommen. Der liebe Gott hat mein Gebet erhört,
und du wurdest tatsächlich am gleichen Tag geboren, nur
etliche Jahre später.«

Als Jugendliche wird die Enkelin diese Geschichte nicht
mehr hören wollen, die jedes Jahr an ihrem Geburtstag wie-
derholt wird. Sie rebelliert gegen die zugewiesene Rolle als
Ersatzkind, als Namensträgerin eines Untoten. Nicht einmal
ihr Geburtstag gehört ihr allein!

Evas Erstgeborener bleibt jedoch verschollen. Sie hegt die
Hoffnung auf seine mögliche späte Heimkehr bis zuletzt.
Das traurige Gewand geben die Hinterbliebenen ihr mit in
den Sarg. »Wenn Slavko wirklich nicht mehr lebt, werde ich
ihn bald wiedersehen«, tröstet die Schwerkranke sich und die
anderen in ihren letzten Stunden. Ihre Enkelin – längst erwachsen – denkt Ungehöriges beim Begräbnis: Jetzt holt den
armen Slavko erst recht wieder diese grindige Jacke ein. Wie
ich sie kenne, wird Eva darauf bestehen, dass er sie anzieht.

31

Der spätsommerliche 3. September 1945 ist ein Montag. Walter macht sich zu Fuß auf den Weg hinüber in den dritten Bezirk. In seiner Aktentasche liegen die Zuweisungspapiere und ein Schlüssel. Er wird den kleinen Laden besichtigen, wird eine Liste machen, was alles getan werden muss, bevor die Ware kommt. Ganz sicher muss geputzt und aufgeräumt werden, wahrscheinlich wird man die Wände streichen müssen. Vermutlich steht das Geschäft schon länger leer. Zum ersten Mal seit langer Zeit fühlt Walter eine richtige Freude. So fühlt es sich also an, denkt er, wenn man eine Zukunft hat. Auch hier versperren Trümmerberge den direkten Weg, aber seine Schritte sind leicht.

Gegen siebzehn Uhr sperrt Eva die Kanzlei ab, als sie Walters Schritte zu erkennen glaubt. Zu Mittag hat sie eine Erdäpfelsuppe gekocht, Walter kommt sicher mit guten Neuigkeiten. Eva freut sich auf den Abend. Sie wartet in der offenen Tür. Als sie ihn erblickt, erschrickt sie. »Walter! Was ist geschehen?«

Der Mann ist totenbleich, sein Haar wirr, seine Stirn schweißnass. Sofort fühlt sich Eva zurückversetzt an jenen Tag, als er mit dem unsäglichen Schreiben des Sippenamts in die Kanzlei gestürmt war. Ob er noch einmal bei Aloisia gewesen ist? Hat sie ihm eine weitere Abfuhr erteilt? Schlechte Nachricht von seinen Geschwistern? Er schüttelt nur den Kopf.

Sie lässt ihn eintreten. Während sie abschließt, eilt er voran in die Wohnung, bleibt aber nicht in der Küche, sondern geht schnurstracks weiter ins Versteck. Dort setzt er sich auf die Matratze, stützt die Ellenbogen auf die Knie und vergräbt das Gesicht in seinen Händen.

Eva läuft ihm nach. In ihre Sorge mischt sich Wut. Was will er dauernd in diesem Verschlag. Wird Zeit, dass wir das Ding wieder abreißen.

»Was ist passiert, Walter?«

»Den Schlüssel hab ich gar nicht gebraucht. Stell dir nur vor: Die Tür war offen, und drinnen hat ein Käsehändler seine Ware schon ausgelegt gehabt. Wir haben unsere Zuweisungen verglichen, sie sind identisch, nur die Namen sind andere.«

»Ich geh da nimmer weg!«, hat der andere mit wuchtiger Entschlossenheit zu verstehen gegeben.

Eva ist erleichtert. Sie hatte Schlimmeres befürchtet. In ihr erwacht der Kampfgeist. »Das wird zu regeln sein, Walter, ein Missverständnis.«

»Nein! Schluss damit!« Walters Stimme überschlägt sich. Und leiser: »Einmal muss Schluss sein.«

***

Eva nimmt die Sache in die Hand, und sie ist wieder in ihrem Element. Gleich am nächsten Tag rennt sie der sowjetischen Kommandantur die Türen ein, redet von ihren Söhnen, die seit Jahren in Moskau am Aufbau des Sowjetstaats mitwirken, von ihrer kommunistischen Gesinnung und ihrer Verfolgung deswegen, und davon, dass sie ihren Mann vor der Vernichtung durch die Nazis bewahrt habe. Und jetzt muss ihm auch noch so etwas passieren. Das sei einfach nicht zu tolerieren! Sie erwarte auf der Stelle ein Tätigwerden und Ersatz für den

189

fälschlicherweise doppelt vergebenen Laden. Evas Einsatz trägt Früchte. Nach nur drei Stunden hat sie es schriftlich, mit Stempel und Unterschrift. Diesmal hat das Geschäft sogar eine noch günstigerer Lage, es soll auch größer sein und in einem besseren Zustand. Eva besteht darauf, dass ein Angehöriger der Kommandantur ihren Mann bei der Übernahme begleiten wird. Man vereinbart Tag und Uhrzeit, und Eva lässt sich sogar das schriftlich bestätigen. In wenigen Tagen wird Walter endlich sein eigenes Geschäft führen können.

Als sie mit dem Schriftstück davongeht, hat Eva beste Laune. Sie erlaubt sich einen kleinen Umweg hinter den Stadtpark, um einer Frau ein halbes Kilo Zwetschken und ein paar Eier abzukaufen. Die Preise auf dem Schwarzmarkt sind kriminell, denkt sie, aber bald wird mein Mann anständig verdienen, und darauf nehm ich jetzt Kredit. Walter wird sich freuen – über die gute Nachricht, und über die Zwetschken.

Während Eva ihren Umweg macht, geht Walter wieder einmal ins Versteck. In den Händen hält er die Wäscheleine. Mit für ihn untypisch schnellen Bewegungen befestigt er sie an einem der Haken in der Wand.

Einen Abschiedsbrief hinterlässt er nicht.

DANK

· meiner Familie
  – den Lebenden, die nach den Geschichten verlangen
  – den Toten, die genauso danach verlangen
· meiner Großmutter Eva für ihre »Pelikan«, die immer noch ihre Schrift hat
· meinem Arbeitgeber, dass sich die Geschichten andere Wege suchen mussten
· meinem Freundeskreis für das Unbedingte
· dem Bundeskanzleramt für die Förderung
· der Literar-Mechana für den See

Die Handlung des Romans beruht auf wahren Begebenheiten, ist jedoch keine strenge Wiedergabe realer Personen, Orte, Zeitabläufe und Ereignisse. Kursiv gedruckte Textstellen entstammen Originaldokumenten.